Michail Lermontow

Beichte

Ausgewählte Lyrik

Михаил Лермонтов

Исповедь

Избранная лирика

Lermontow, Michail Jurjewitsch/Лермонтов, Михаил Юрьевич
Beichte / Исповедь
Ausgewählte Lyrik/Избранная лирика
russischsprachige Ausgabe/русскоязычное издание
ISBN: 978-3-86267-195-3
Cover: Ausschnitt aus dem Gemälde von Michail Vrubel „Der sitzende Demon".
Auflage: 1
Erscheinungsjahr: 2011
Erscheinungsort: Bremen, Deutschland
Europäischer Literaturverlag GmbH, Fahrenheitstr. 1, 28359 Bremen (www.elv-verlag.de).

Beichte

Ausgewählte Lyrik

Исповедь

Избранная лирика

www.elv-verlag.de

МИХАИЛ ЮРЬЕВИЧ ЛЕРМОНТОВ

3 октября 1814г., Москва – 15 июля 1841г., Пятигорск

Надвигалась гроза. Напряженная, тревожная тишина только ждала мощного удара, от которого вздрогнут горы, небо и земля. Лермонтов, запрокинув голову, смотрел на бегущие низко облака. С каким-то непонятным восторгом он вслушивался в торжественную тишину. Яркая молния осветила белым огнём его лицо: большие тёмные глаза, насмешливую улыбку. Дуэль… Что ждёт его? Через секунду, вскинув голову, он лёгким жестом поднял руку с пистолетом вверх и выстрелил… в тучу. Громовой раскат заглушил и его выстрел, и тот, роковой, что раздался мгновенно, - в упор, в сердце.

Кончилась жизнь. Началось бессмертие…

Весть о гибели поэта покатилась к Петербургу. Только через семнадцать дней она достигла столицы и «взорвала» общество. Реакция была неоднозначной: одни испытали потрясение, другие облегчённо вздохнули. Известны резкие слова Николая I и его окружения. Некоторые из современников утверждали, что имя Лермонтова скоро будет забыто. Вспомнили, что Лермонтов предчувствовал свою раннюю кончину. В шестнадцатилетнем возрасте, за десять лет до гибели, он написал:

Я предузнал мой жребий, мой конец,
И грусти ранняя на мне печать;
И как я мучусь, знает лишь творец,
Но равнодушный мир не должен знать.
И не забыт умру я. Смерть моя
Ужасна будет, чуждые края
Ей удивятся, а в родной стране
Все проклянут и память обо мне.

Кровавая меня могила ждёт,
Могила без молитв и без креста,
На диком берегу ревущих вод
И под туманным небом; пустота
Кругом. Лишь чужестранец молодой
Невольным сожаленьем, и молвой,
И любопытством приведён сюда,
Сидеть на камне станет иногда
И скажет: отчего не понял свет
Великого, и как он не нашёл
Себе друзей, и как любви привет
К нему надежду снова не привёл?
Он был её достоин. И печаль
Его встревожит, он посмотрит вдаль,
Увидит облака с лазурью волн,
И белый парус, и бегучий чёлн…

Известность пришла к Лермонтову внезапно.

Вечером 27-гоянваря 1837-го года на дуэли был ранен Пушкин, «России первая любовь», её национальный поэт. В тот же день распространился слух о его смерти. Лермонтов потрясён. Гибель Пушкина для него - личное горе, он так мечтал познакомиться с ним. Не решился… Не успел. Бьющие через край эмоции захлестнули его. Уже на следующий день пошли по рукам лермонтовские стихи «Смерть поэта».

Погиб поэт! – невольник чести –
Пал, оклеветанный молвой,
С свинцом в груди и жаждой мести,
Поникнув гордой головой!..
Не вынесла душа поэта

Позора мелочных обид,
Восстал он против мнений света
Один как прежде... и убит!

Они вызвали бурю в обществе. И когда в салонах зазвучали ноты сочувствия убийце поэта, камер-юнкер Михаил Лермонтов написал, как отчеканил, ещё шестнадцать строк:

А вы, надменные потомки
Известной подлостью прославленных отцов,
Пятою рабскою поправшие обломки
Игрою счастия обиженных родов!
Вы, жадною толпой стоящие у трона,
Свободы, Гения и Славы палачи!
Таитесь вы под сению закона,
Пред вами суд и правда – всё молчи!..

Имя Лермонтова облетело всю Россию. Никто никогда ещё не смел так говорить с властью. Стихи точно и сильно выражали народное горе и негодование. Они распространились в тысячах списков по Петербургу, Москве, а потом и по всей стране. Их переписывали в книжных лавках, кондитерских, на улицах, заучивали наизусть.

В короткий срок Лермонтов совершил ослепительное творческое восхождение, его назвали преемником Пушкина. «На Руси явилось новое могучее дарование! – заявил миру критик Белинский. А между тем, ему оставалось жить всего четыре года. Но какой бы срок ни был отпущен свыше, гении всегда успевают свершить своё предназначение.

...Мальчик рос болезненным, мечтательным. С детства наметился разлад между миром затаённых грёз и повседневной жизнью:

Я сын страданья. Мой отец
Не знал покоя по конец,
В слезах угасла мать моя…

Ей был двадцать один год, Мише – около двух с половиной. Бабушка, властная помещица Елизавета Алексеевна Арсеньева запретила отцу воспитывать ребёнка, и ему пришлось удалиться в своё имение. Юрий Петрович, потомок старинного шотландского рода, обедневшего к тому времени, красавец, женился на Марии Арсеньевой вопреки желанию её матери. Семейная жизнь не сложилась. Мальчик очень тосковал по отцу, и эта боль осталась с ним навсегда:

Ужасная судьба отца и сына
Жить розно и в разлуке умереть…

Отец часто навещал его, когда он учился в пансионе при Московском университете. Но в восемнадцать лет он потерял и отца. Они были очень близки и, похоже, отец лучше других понимал, насколько одарён его сын. Михаил сочинял стихи с детства. Большую часть из всего стихотворного наследия он написал в юности, с четырнадцати до восемнадцати лет, во время учёбы в пансионе и университете (1828-1832). Он писал для себя, не для публикаций.

Трудно было даже предположить, что автор этих стихов – подросток. Уже тогда в них обнаружился внутренний разлад с миром – обнажился с первых строк молодого поэта.

Именно объявлением войны обществу мальчик Лермонтов заявил о себе как поэт Лермонтов. Общественное перекликается у него с глубоко личным, семейная драма углубляется болью неразделённой любви, а трагедия любви раскрывается как трагедия всего восприятия мира. Лермонтов поразительно рано почувствовал свою боль средоточием боли всего мира и увидел себя, страдающего, в самом пекле людских страданий:

…ищу спокойствия напрасно,
Гоним повсюду мыслию одной.
Гляжу назад – прошедшее ужасно;
Гляжу вперёд – там нет души родной (1830 г.)

В эти же годы родился его мятежный «Демон», одинокий белый «Парус». В шестнадцать лет он написал своё знаменитое «Предсказание»:

Настанет год, России чёрный год,
Когда царей корона упадёт…

Такого точного, подтверждённого историей пророчества, русская литература не знала больше никогда.

Бабушка безумно любила внука и сосредоточила на нём всю свою жизнь. Она смогла обеспечить Михаилу и положение в обществе, и хорошее образование. Он знал языки - немецкий, французский и английский, европейскую культуру, играл на скрипке и фортепиано, рисовал. За год до окончания курса в Московском университете из-за дерзкого поведения у него возникли конфликты с преподавателями, и он вынужден был уехать в Петербург. Но там, в университете, отказались засчитать ему два года обучения в Москве. Это сильно уязвило его самолюбие, и он выбрал военную службу.

В Петербурге Лермонтов был принят в двухгодичную Школу гвардейских подпрапорщиков и кавалерийских юнкеров. Здесь он окреп, возмужал, недаром позже все отмечали его необыкновенную силу. Здесь проявилась новая грань его натуры: «Насмешливый, едкий, ловкий – проказы, шалости, шутки всякого рода сделались его любимым занятием; вместе с тем, полный ума, самого блестящего, богатый, независимый, он сделался душою общества молодых людей высшего круга; он был первым в беседах, в удовольствиях, в кутежах, словом, во всём, что составляет жизнь в эти годы» (Е. П. Растопчина). Но это была только внешняя сторона. Всё, что таилось в душе, оставалось глубокой тайной. Позже Лермонтов признался, что в школе он провёл «два страшных года».

В конце 1834-го года Лермонтов был произведён в корнеты и поступил на службу в гусарский полк, который располагался в Царском селе. Молодой офицер вырвался на свободу и с упоением бросился в новую жизнь: равнодушный к службе, неутомимый в проказах и разгулах, неистощимый в шутках, он закружился в вихре балов и развлечений. В эти годы – военной учёбы и службы в полку – он писал мало, буквально считанные строки, зато щедро рассыпал свои признания в альбомах светских красавиц, читал свои сочинения друзьям и приобрёл в этом кругу славу поэта.

«Но скоро свет ему наскучил», - писал Пушкин об Онегине. Это можно сказать и о Лермонтове, ведь это был тот же самый «свет» - общество, которое погубило Пушкина.

Гибель Пушкина перевернула всю жизнь Лермонтова. Скрыть от Николая I стихи «Смерть поэта» было невозможно. Ему даже прислали их по почте с надписью – «Воззвание к революции». Царь разгневался и наложил резолюцию: «Старшему медику гвардейского корпуса посетить этого господина и удостовериться, не помешан ли он; а затем мы поступим с ним согласно закону». Вскоре последовал обыск, и корнета Лермонтова за «сочинение непозволительных стихов» арестовали, а затем перевели в Нижегородский драгунский полк, стоявший на Кавказе. Сопровождаемый всеобщим сочувствием, он отправился в изгнание, под пули…

На Кавказе в это время было затишье. В письме к С. А. Раевскому Лермонтов пишет, что он беспрерывно странствовал «то на перекладной, то верхом; одетый по-черкесски, с ружьём за плечами, ночевал в чистом поле, засыпал под крик шакала, ел чурек, пил кахетинское даже… Я слышал только два-три выстрела, зато два раза в моих путешествиях отстреливался…» Современники отмечали, что на Кавказе «юношеская весёлость Лермонтова уступила место приступам чёрной меланхолии, которая глубоко проникла в его мысли и наложила глубокий отпечаток на его поэтические произведения». Но именно там, во время вынужденного бездействия, «Лермонтов осознаёт свои силы».

К концу 1837-го года усиленные хлопоты бабушки, Е. А. Арсеньевой, увенчались успехом – Лермонтов был помилован. Его перевели в лейб-гвардии гусарский Гродненский полк, а затем вернули на прежнее место, в Царское Село.

Лермонтов возвращается в большой свет и снова играет в нём роль светского льва, за ним ухаживают все салонные дамы, любительницы знаменитостей и героев. Но он уже далеко не прежний и скоро начинает тяготиться этой жизнью. Его не удовлетворяет ни военная служба, ни свет, ни литературные кружки, и он то просится в отпуск, то мечтает о возвращении на Кавказ. «Какой он взбалмошный, вспыльчивый человек, - пишет о нём А. О. Смирнова, - наверное, кончит катастрофой. Он отличается невозможной дерзостью. Он погибает от скуки, возмущается собственным легкомыслием, но в то же время не обладает достаточно характером, чтобы вырваться из этой среды. Это – странная натура».

Между тем, Лермонтов хорошо знал эту среду – «свет, завистливый и душный», он изучал его, скрывая свои думы под непроницаемой маской. В стихотворении «Как часто пёстрою толпою окружён…(1-е января)» поэт безжалостным пером нарисовал портрет пустого и обезволенного общества той эпохи.

После возвращения из ссылки он писал много, легко. Всё, что выходило из-под его пера, сразу переписывали друзья, знакомые, многое дарил он сам. Любому попавшемуся клочку бумаги он доверял свои мысли и стихи. Когда не случалось под рукой бумаги, Лермонтов писал на столах, на переплёте книг, на дне деревянного ящика – где попало. Однажды на гауптвахте он исписал все стены камеры.

В 1839-м году в «Отечественных записках» стали печататься стихи и отрывки из романа «Герой нашего времени». Известный критик, а тогда студент В. Стасов писал: «Я помню, с какой жадностью, с какой страстью мы кидались на новую книгу журнала, когда нам её приносили, ещё с мокрыми листами. Мы брали книгу чуть не с боя, перекупали один у другого право читать её раньше всех. Потом у нас только и было разговоров, рассуждений, споров, что о Белинском да о Лермонтове. Лермонтова мы сейчас же знали наизусть».

«Герой нашего времени», задуманный ещё на Кавказе, станет первым психологическим романом в русской литературе. Традицию Лермонтова продолжат позднее Достоевский, Толстой, и русскую литературу назовут «литературой исповеди».

Казалось бы, всё складывалось неплохо. Лермонтова повысили в звании – он стал поручиком, несмотря на несерьёзное отношение к службе и частое сидение на гауптвахте. Но уже в середине февраля 1840-го года произошёл конфликт с сыном французского посланника Э. Барантом, который во многом определил его жизнь. Нетрудно догадаться – из-за женщин и великосветских сплетен. В результате – дуэль, которая на этот раз закончилась для него благополучно, но повлекла за собой арест и перевод в Тенгинский пехотный полк на Кавказе.

По выражению одного из офицеров, в России в то время было только две дороги: одна – для немногих, избранных – вела в Париж, другая – для всех прочих смертных – на Кавказ. По этой дороге, по приказу царя, отправлялись завоёвывать новые земли все лучшие представители русского общества, - военная карьера была единственно достойной для них.

На Кавказе шли упорные, кровопролитные бои – восстала Чечня. В начале июня Лермонтов прибыл в Ставрополь, но в своём полку не появился. Он обратился в Главный штаб и был прикомандирован к кавалерийскому действующему отряду. Белинский удивлялся: «Эта русская разудалая голова так и рвётся под нож!»

Поэт оказался отчаянно храбрым. По словам одного из участников боёв, «он никогда не подчинялся никакому режиму, и его команда, как блуждающая комета, бродила всюду, появлялась там, где ей вздумается, в бою искала самых опасных мест - и находила их».

Летом 1840-го года произошло жесточайшее сражение на речке Валерик. Название её происходит от чеченского слова «валлариг» - мёртвый, поэтому и называют Валерик речкой смерти. В этом бою Лермонтов удивил своей удалью даже бывалых кавказских джигитов, буквально влетая на белом коне в лесные завалы, прямо в скопление противника. За «дело 11-го июля 1840-го года при р. Валерик» Лермонтов был представлен к ордену. Но «...из Валерикского представления меня вычеркнули», - с огорчением пишет он в письме.

Большого успеха русской армии это сражение не принесло, хотя горцы рассеялись. А вот литература получила несколько блистательных страниц – стихотворение «Валерик». В русской литературе такой поэзии ещё не бывало.

Лермонтов-реалист хорошо усвоил уроки Пушкина и даже превзошёл его. По форме – это послание, в авторской рукописи оно не имеет названия и должно называться по первой строке: «Я к вам пишу случайно; право…».

Поэт пишет послание женщине, которую любил и, может быть, любит сейчас; он не знает, где она, помнит ли о нём. У него есть потребность поговорить с ней. О чём?..

И что скажу вам? – ничего!
Что помню вас? – но, боже правый,
Вы это знаете давно;
И вам, конечно, всё равно.

Он говорит о себе, в его словах перемежаются отчаянные признания и невысказанная грусть:

Я вас никак забыть не мог!
Во-первых, потому что много
И долго, долго вас любил,
Потом страданьем и тревогой
За дни блаженства заплатил…

Дальше его настроение меняется, он немного балагурит, рассказывает о том, что видит вокруг, описывает детали военного быта и подробности сражения, в котором участвовал. Он смотрит теперь не внутрь себя, а видит мир широко открытыми глазами. Но война – это только фон, на который накладывается внутреннее состояние человека. Душевные переживания автора рождают удивительную интонацию, совсем иную по сравнению с ранними стихами. Там – бурные, яркие страсти, громкие страдания, одним словом, романтизм. Здесь – эмоции сливаются с подлинным, настоящим чувством думающего и страдающего человека, реальная жизнь.

Послание, скорее всего, не было отправлено. Он много чего написал в нём, а в подоплёке – единственное желание: чем-то поразить Её, чем-то коснуться… Жизнь уже как бы состоялась, но… ничто не реализовалось.

Это стихотворение связано с Варварой Лопухиной. Долгие годы они были в дружбе, он любил её, может быть, больше, чем кого бы то ни было. Но в тот момент, когда нужно было предпринять решительное объяснение, он не был готов – и уехал в Петербург, в юнкерскую школу. Она долго ждала, ей сделали предложение – и она вышла замуж. Дальше – редкие встречи, письма, грусть…и стихи.

В этом послании Лермонтов, как в линзе, сфокусировал все смыслы жизни. Все пережитое сконцентрировалась на чувстве, которое не реализовалось и уже не может реализоваться, но оно состоялось внутри, в душе - и вся жизнь ушла в него. И стала равна этому чувству. Это и есть поэзия - настоящая, великая. Поэзия, к которой Лермонтов приходит в конце своего пути.

Со временем его лирика становится грустнее и грустнее. В ней уже нет эмоциональных украшений и преувеличений – всё просто, правдиво, точно и экономно. Не случайно Лермонтов никогда не давал в печать свои ранние сочинения. Они сохранились только потому, что он не успел их уничтожить. И среди них есть настоящие шедевры.

При жизни поэта вышли в свет лишь две книги – «Герой нашего времени» (издания 1840, 1841 г.) и сборник «Стихотворения Лермонтова» (1840 г.), в который вошли двадцать шесть стихотворений и две поэмы («Песня про царя Ивана Васильевича, молодого опричника и удалого купца Калашникова» и «Мцыри»), – то, что он считал достойным себя и своих читателей. Позднее было издано всё, что написал поэт. В его сочинениях отразилась вся его жизнь, и он в них главный лирический герой: печальный Демон, Печорин, образы-символы Парус, Утёс, Листок, который оторвался от ветки родимой и т. д. – это всё сам Лермонтов.

До конца 1840-го года Лермонтов много раз участвовал в боевых походах. Сохранившийся «Журнал военных действий» свидетельствует, что он неоднократно отличался во всех «делах» и в декабре второй раз был представлен к награде – «золотой сабле с надписью за храбрость». Но и в этой награде было отказано. Известие об этом пришло на Кавказ уже после смерти поэта.

… Стоял февраль 1841-го года. Из дыма, крови, грязи войны Лермонтов вырвался в Петербург, в отпуск, который выпросила для него бабушка. По-прежнему во дворцах шли балы, блистали красавицы, развлекались кавалеры. «Он был тогда на той высшей степени апогея своей известности, до которой ему только было суждено дожить», - писал один из современников. Он участвует в светских собраниях, но с лица его никогда не сходит сардоническая улыбка. Зато в кругу близких он, «любимый и балованный, утром сочиняет стихи, вечером приходит их читать и придумывает какую-нибудь шутку или шалость».

«Три месяца, проведённые тогда Лермонтовым в Петербурге, были самые счастливые и самые блестящие в его жизни», - уверена графиня Е. П. Растопчина. Он надеялся, что сможет получить отставку и заняться литературной деятельностью, но неожиданно получил приказ: в сорок восемь часов покинуть Петербург и отправиться к месту службы. И дело не в том, что отпуск давно закончился, его продлевали, причина – в другом: он случайно по приглашению оказался на балу, где присутствовали особы царского двора. Они не желали видеть в столице неблагонадёжного, опального поэта, их тревожило его присутствие. Да и шефу жандармов надоело, что все без конца хлопочут за него.

Не успев разобраться с делами и рукописями, Лермонтов выехал на Кавказ.

На пути была Москва. Здесь он провёл пять лучших дней - всего пять, но каких! У каждого большого поэта случаются дни и недели, когда мощный поток творческой энергии овладевает всем его существом. У Пушкина была знаменитая болдинская осень; у Лермонтова было пять вдохновенных московских дней. «Лермонтов пишет стихи со дня на день всё лучше», - говорит современник. Мрачные предчувствия обуревают поэта, он старается высказать то, что горит в его душе.

Время стремительно шло на убыль. Поэт с лихорадочной поспешностью заполняет чистые листы записной книжки, которую подарил ему В. Ф. Одоевский с условием возвратить лично, всю заполненную. Он записывает в ней стихи «Они любили друг друга так долго и нежно…» (ещё одно признание глубокого чувства к Вареньке Лопухиной), «Тамара», «Листок», «Утёс», «Сон», который оказался вещим:

В полдневный жар в долине Дагестана
С свинцом в груди лежал недвижим я;
Глубокая ещё дымилась рана,
По капле кровь точилася моя…

Почти за гранью ускользающей жизни, в зыбком сне он видит Её и её сон. Их чувства переходят границы бытия…

В эти несколько московских дней пути Лермонтова дважды пересекались с будущим переводчиком его стихов на немецкий язык Фридрихом Боденштедтом, который работал тогда в Москве, позже одно время был редактором «Везерской газеты» в Бремене. Он оставил свои впечатления о встречах с Лермонтовым и его последний словесный портрет: «У вошедшего была гордая непринуждённая осанка, средний рост и необычайная гибкость движений. Гладкие белокурые, слегка вьющиеся по обеим сторонам волосы оставляли совершенно открытым необыкновенно высокий лоб. Большие, полные мысли глаза, казалось, вовсе не участвовали в насмешливой улыбке, игравшей на красиво очерченных губах молодого офицера».

До места своего назначения этот молодой офицер так и не доехал. Ехали в колясках, на перекладных, долго. Когда было уже недалеко, остановились в гостинице – ночью ехать было опасно. Кто-то из попутчиков сказал, что лучше заехать в Пятигорск, немного отдохнуть. Лермонтов вспыхнул: «Да, в Пятигорск! Пятигорск!» Он узнал, что там сейчас его друзья, среди них Мартынов, которому очень обрадовался. Наутро он уже не принимал никаких возражений своего друга, которому было поручено сопровождать его. Пришлось бросить монету – она подтвердила выбор Лермонтова.

С нетерпением спешил поэт туда, где злой рок уже подстерегал свою жертву. Там, на Кавказских минеральных водах отдыхало всё столичное общество. В весёлой компании Лермонтов будто забывает о том, что говорил всем перед отъездом, – о своей близкой смерти.

Развязка наступила неожиданно. Мартынов, оскорблённый его шутками, вызвал поэта на дуэль. Видимо, так же, как и Дантес, «не мог понять в сей миг кровавый, на что он руку поднимал».

«В нашу поэзию стреляют удачно», – откликнулся П. А. Вяземский. «Но если смерть Пушкина была великим несчастьем для России, то смерть Лермонтова была уже настоящей катастрофой, – писал позже Даниил Андреев в книге «Роза мира». – Миссия Пушкина, по существу, всё же укладывается в человеческие понятия, она ясна. Миссия Лермонтова – одна из глубочайших загадок нашей культуры. Откуда с ранних лет это чувство собственного избранничества, какого-то исключительного долга, феноменально раннее развитие раскалённого воображения и мощного холодного ума, исконно русская стихийность чувств, суровый и зоркий взор, пронизывающий насквозь человеческую душу? Высшая степень художественной одарённости – и строжайшая взыскательность к себе?..»

Может быть, не случайно своё последнее стихотворение Лермонтов начинает словами: «С тех пор как вечный судия мне дал всеведенье пророка…».

В юности воображение уносило поэта в надзвёздные пространства. Возвращаясь, он видел всё несовершенство земной жизни, отсюда - вражда с Богом, который создал этот мир. Он упрекает его: «Зачем так горько прекословил надеждам юности моей?» И, наконец, с издёвкой бросает Всевышнему свою благодарность:

За всё, за всё тебя благодарю я:
За тайные мучения страстей,
За горечь слёз, отраву поцелуя,
За месть врагов и клевету друзей;
За жар души, растраченный в пустыне,
За всё, чем я обманут в жизни был…
Устрой лишь так, чтобы тебя отныне
Недолго я ещё благодарил.

Горькие слова адресует Лермонтов родине, которую любит и не может простить ей её рабское состояние:

Прощай, немытая Россия,
Страна рабов, страна господ,
И вы, мундиры голубые,
И ты, им преданный народ.
Быть может, за стеной Кавказа
Сокроюсь от твоих пашей,

От их всевидящего глаза,
От их всеслышащих ушей.

Прошло почти два века. Многое ли изменилось за это время? К сожалению, по-прежнему только в идеале остаётся ясная, светлая пушкинская гармония, а в жизни по сей день преобладает лермонтовская тревога духа, сознание неодолимости мучительных земных противоречий, личных и общественных.

Когда-то Осип Мандельштам сказал: «Ещё над нами властен Лермонтов, мучитель наш». Почему мучитель?! Да потому, что сбивает нас с толку, жжёт наши чувства, постоянно дразнит: то он злой – то добрый, то весёлый – то угрюмый, то нежный - то коварный, всегда разный. Он действительно не дает нам покоя – бесконечностью звёздного неба, «кремнистым путём», загадкой своего всезнания и предчувствия, страстями, любовью и всеобъемлющей нежностью.

Хочется верить, что Лермонтова будут читать всегда, во все времена будут задумываться и плакать его невыплаканными слезами над его поэзией и жизнью.

Майя Севернюк,
Санкт-Петербург, 2011.

Исповедь

Избранная лирика

Смерть поэта

Погиб Поэт! - невольник чести-
Пал, оклеветанный молвой,
С свинцом в груди и жаждой мести,
Поникнув гордой головой!..
Не вынесла душа Поэта
Позора мелочных обид,
Восстал он против мнений света
Один, как прежде... и убит!
Убит!.. к чему теперь рыданья,
Пустых похвал ненужный хор
И жалкий лепет оправданья?
Судьбы свершился приговор!
Не вы ль сперва так злобно гнали
Его свободный, смелый дар
И для потехи раздували
Чуть затаившийся пожар?
Что ж? веселитесь... он мучений
Последних вынести не мог:
Угас, как светоч, дивный гений,
Увял торжественный венок.

Его убийца хладнокровно
Навел удар... спасенья нет:
Пустое сердце бьется ровно,
В руке не дрогнул пистолет.
И что за диво?... издалека,
Подобный сотням беглецов,
На ловлю счастья и чинов
Заброшен к нам по воле рока;
Смеясь, он дерзко презирал
Земли чужой язык и нравы;
Не мог щадить он нашей славы;

Не мог понять в сей миг кровавый,
На что' он руку поднимал!..

И он убит - и взят могилой,
Как тот певец, неведомый, но милый,
Добыча ревности глухой,
Воспетый им с такою чудной силой,
Сраженный, как и он, безжалостной рукой.

Зачем от мирных нег и дружбы простодушной
Вступил он в этот свет завистливый и душный
Для сердца вольного и пламенных страстей?
Зачем он руку дал клеветникам ничтожным,
Зачем поверил он словам и ласкам ложным,
Он, с юных лет постигнувший людей?...

И прежний сняв венок - они венец терновый,
Увитый лаврами, надели на него:
Но иглы тайные сурово
Язвили славное чело;
Отравлены его последние мгновенья
Коварным шепотом насмешливых невежд,
И умер он - с напрасной жаждой мщенья,
С досадой тайною обманутых надежд.
Замолкли звуки чудных песен,
Не раздаваться им опять:
Приют певца угрюм и тесен,
И на устах его печать.

А вы, надменные потомки
Известной подлостью прославленных отцов,
Пятою рабскою поправшие обломки
Игрою счастия обиженных родов!
Вы, жадною толпой стоящие у трона,

Свободы, Гения и Славы палачи!
Таитесь вы под сению закона,
Пред вами суд и правда - всё молчи!
Но есть и божий суд, наперсники разврата!
Есть грозный суд: он ждет;
Он не доступен звону злата,
И мысли, и дела он знает наперед.
Тогда напрасно вы прибегнете к злословью:
Оно вам не поможет вновь,
И вы не смоете всей вашей черной кровью
Поэта праведную кровь!

Бородино

- Скажи-ка, дядя, ведь не даром
Москва, спаленная пожаром,
Французу отдана?
Ведь были ж схватки боевые,
Да, говорят, еще какие!
Недаром помнит вся Россия
Про день Бородина!

- Да, были люди в наше время,
Не то, что нынешнее племя:
Богатыри - не вы!
Плохая им досталась доля:
Немногие вернулись с поля...
Не будь на то господня воля,
Не отдали б Москвы!

Мы долго молча отступали,
Досадно было, боя ждали,
Ворчали старики:
"Что ж мы? на зимние квартиры?
Не смеют, что ли, командиры
Чужие изорвать мундиры
О русские штыки?"

И вот нашли большое поле:
Есть разгуляться где на воле!
Построили редут.
У наших ушке на макушке!
Чуть утро осветило пушки
И леса синие верхушки -
Французы тут как тут.

Забил заряд я в пушку туго
И думал: угощу я друга!
Постой-ка, брат мусью!
Что тут хитрить, пожалуй к бою;
Уж мы пойдем ломить стеною,
Уж постоим мы головою
За родину свою!

Два дня мы были в перестрелке.
Что толку в этакой безделке?
Мы ждали третий день.
Повсюду стали слышны речи:
"Пора добраться до картечи!"
И вот на поле грозной сечи
Ночная пала тень.

Прилег я вздремнуть я у лафета,
И слышно было до рассвета,
Как ликовал француз.
Но тих был наш бивак открытый:
Кто кивер чистил весь избитый,
Кто штык точил, ворча сердито,
Кусая длинный ус.

И только небо засветилось,
Все шумно вдруг зашевелилось,
Сверкнул за строем строй.
Полковник наш рожден был хватом:
Слуга царю, отец солдатам...
Да, жаль его: сражен булатом,
Он спит в земле сырой.

И молвил он, сверкнув очами:
"Ребята! не Москва ль за нами?

Умремте же под Москвой,
Как наши братья умирали!"
И умереть мы обещали,
И клятву верности сдержали
Мы в Бородинский бой.

Ну ж был денек! Сквозь дым летучий
Французы двинулись, как тучи,
И всё на наш редут.
Уланы с пестрыми значками,
Драгуны с конскими хвостами,
Все промелькнули перед нам,
Все побывали тут.

Вам не видать таких сражений!
Носились знамена, как тени,
В дыму огонь блестел,
Звучал булат, картечь визжала,
Рука бойцов колоть устала,
И ядрам пролетать мешала
Гора кровавых тел.

Изведал враг в тот день немало,
Что значит русский бой удалый,
Наш рукопашный бой!..
Земля тряслась - как наши груди;
Смешались в кучу кони, люди,
И залпы тысячи орудий
Слились в протяжный вой...

Вот смерклось. Были все готовы
Заутра бой затеять новый
И до конца стоять...
Вот затрещали барабаны -

И отступили басурманы.
Тогда считать мы стали раны,
Товарищей считать.

Да, были люди в наше время,
Могучее, лихое племя:
Богатыри - не вы.
Плохая им досталась доля:
Немногие вернулись с поля.
Когда б на то не Божья воля,
Не отдали б Москвы!

Ветка Палестины

Скажи мне, ветка Палестины:
Где ты росла, где ты цвела,
Каких холмов, какой долины
Ты украшением была?

У вод ли чистых Иордана
Востока луч тебя ласкал,
Ночной ли ветр в горах Ливана
Тебя сердито колыхал?

Молитву ль тихую читали,
Иль пели песни старины,
Когда листы твои сплетали
Солима бедные сыны?

И пальма та жива ль поныне?
Все так же ль манит в летний зной
Она прохожего в пустыне
Широколиственной главой?

Или в разлуке безотрадной
Она увяла, как и ты,
И дольний прах ложится жадно
На пожелтевшие листы?..

Поведай: набожной рукою
Кто в этот край тебя занес?
Грустил он часто над тобою?
Хранишь ты след горючих слез?

Иль, божьей рати лучший воин,
Он был с безоблачным челом,

Как ты, всегда небес достоин
Перед людьми и божеством?..

Заботой тайною хранима
Перед иконой золотой,
Стоишь ты, ветвь Ерусалима,
Святыни верный часовой!

Прозрачный сумрак, луч лампады,
Кивот и крест, символ святой...
Все полно мира и отрады
Вокруг тебя и над тобой.

Узник[1]

Отворите мне темницу,
Дайте мне сиянье дня,
Черноглазую девицу,
Черногривого коня.
Я красавицу младую
Прежде сладко поцелую,
На коня потом вскочу,
В степь, как ветер, улечу.

Но окно тюрьмы высоко,
Дверь тяжелая с замком;
Черноокая далеко,
В пышном тереме своем;
Добрый конь в зеленом поле
Без узды, один, по воле
Скачет, весел и игрив,
Хвост по ветру распустив...

Одинок я - нет отрады:
Стены голые кругом,
Тускло светит луч лампады
Умирающим огнем;
Только слышно: за дверями
Звучно-мерными шагами

---

[1] Стихотворение было написано в феврале 1837 года, когда Лермонтов сидел под арестом в здании Главного штаба за сочинение стихов на смерть Пушкина. В это время к нему пускали только его камердинера, приносившего обед. Поэт велел ему завёртывать хлеб в серую бумагу и на этих клочках с помощью вина, печной сажи и спички написал стихотворения «Сосед», «Когда волнуется желтеющая нива…»

Ходит в тишине ночной
Безответный часовой.

Сосед

Кто б ни был ты, печальный мой сосед,
Люблю тебя, как друга юных лет,
Тебя, товарищ мой случайный,
Хотя судьбы коварною игрой
Навеки мы разлучены с тобой
Стеной теперь -- а после тайной.
Когда зари румяный полусвет
В окно тюрьмы прощальный свой привет
Мне, умирая, посылает

И, опершись на звучное ружье,
Наш часовой, про старое житье
Мечтая, стоя засыпает, --
Тогда, чело склонив к сырой стене,

Я слушаю -- ив мрачной тишине
Твои напевы раздаются.
О чем они -- не знаю; но тоской
Исполнены, и звуки чередой,
Как слезы, тихо льются, льются...
И лучших лет надежды и любовь --
В груди моей все оживает вновь,
И мысли далеко несутся,

И полон ум желаний и страстей,
И кровь кипит -- и слезы из очей,
Как звуки, друг за другом льются.
Когда волнуется желтеющая нива,
И свежий лес шумит при звуке ветерка,
И прячется в саду малиновая слива
Под тенью сладостной зеленого листка;
Когда росой обрызганный душистой,

Румяным вечером иль утра в час златой,
Из-под куста мне ландыш серебристый
Приветливо кивает головой;
Когда студеный ключ играет по оврагу
И, погружая мысль в какой-то смутный сон,
Лепечет мне таинственную сагу
Про мирный край, откуда мчится он, --
Тогда смиряется души моей тревога,

Тогда расходятся морщины на челе, --
И счастье я могу постигнуть на земле,
И в небесах я вижу бога.

Когда волнуется желтеющая нива,
И свежий лес шумит при звуке ветерка,
И прячется в саду малиновая слива
Под тенью сладостной зеленого листка;

Когда росой обрызганный душистой,
Румяным вечером иль утра в час златой,
Из-под куста мне ландыш серебристый
Приветливо кивает головой;

Когда студеный ключ играет по оврагу
И, погружая мысль в какой-то смутный сон,
Лепечет мне таинственную сагу
Про мирный край, откуда мчится он, —

Тогда смиряется души моей тревога,
Тогда расходятся морщины на челе, —
И счастье я могу постигнуть на земле,
И в небесах я вижу бога.

Молитва[2]

Я, матерь божия, ныне с молитвою
Пред твоим образом, ярким сиянием,
Не о спасении, не перед битвою,
Не с благодарностью иль покаянием,

Не за свою молю душу пустынную,
За душу странника в мире безродного;
Но я вручить хочу деву невинную
Теплой заступнице мира холодного.

Окружи счастием душу достойную;
Дай ей сопутников, полных внимания,
Молодость светлую, старость покойную,
Сердцу незлобному мир упования.

Срок ли приблизится часу прощальному
В утро ли шумное, в ночь ли безгласную -
Ты восприять пошли к ложу печальному
Лучшего ангела душу прекрасную.

---

[2] Написано перед отъездом на Кавказ, относится к Варваре Лопухиной.

Расстались мы, но твой портрет
Я на груди своей храню:
Как бледный призрак лучших лет,
Он душу радует мою.

И, новым преданный страстям,
Я разлюбить его не мог:
Так храм оставленный - всё храм,
Кумир поверженный - всё бог![3]

---

[3] Стихотворение обращено к Варваре Лопухиной.

Не смейся над моей пророческой тоскою;
Я знал: удар судьбы меня не обойдет;
Я знал, что голова, любимая тобою,
С твоей груди на плаху перейдет;
Я говорил тебе: ни счастия, ни славы
Мне в мире не найти; настанет час кровавый,
И я паду, и хитрая вражда
С улыбкой очернит мой недоцветший гений;
И я погибну без следа
Моих надежд, моих мучений,
Но я без страха жду довременный конец.
Давно пора мне мир увидеть новый;
Пускай толпа растопчет мой венец:
Венец певца, венец терновый!..
Пускай! я им не дорожил.

Я не хочу, чтоб свет узнал
Мою таинственную повесть;
Как я любил, за что страдал,
Тому судья лишь бог да совесть!..
Им сердце в чувствах даст отчет;
У них попросит сожаленья;
И пусть меня накажет тот,
Кто изобрел мои мученья;
Укор невежд, укор людей
Души высокой не печалит;
Пускай шумит волна морей,
Утес гранитный не повалит;
Его чело меж облаков,
Он двух стихий жилец угрюмый
И кроме бури да громов
Он никому не вверит думы...

Спеша на север издалека,
Из теплых и чужих сторон,
Тебе, Казбек, о страж востока,
Принес я, странник, свой поклон.

Чалмою белою от века
Твой лоб наморщенный увит,
И гордый ропот человека
Твой гордый мир не возмутит.

Но сердца тихого моленье
Да отнесут твои скалы
В надзвездный край, в твое владенье,
К престолу вечному аллы.

Молю, да снидет день прохладный
На знойный дол и пыльный путь,
Чтоб мне в пустыне безотрадной
На камне в полдень отдохнуть.

Молю, чтоб буря не застала,
Гремя в наряде боевом,
В ущелье мрачного Дарьяла
Меня с измученным конем.

Но есть еще одно желанье!
Боюсь сказать!- душа дрожит!
Что, если я со дня изгнанья
Совсем на родине забыт!

Найду ль там прежние объятья?
Старинный встречу ли привет?
Узнают ли друзья и братья
Страдальца, после многих лет?

Или среди могил холодных
Я наступлю на прах родной
Тех добрых, пылких, благородных,
Деливших молодость со мной?

О, если так! своей метелью,
Казбек, засыпь меня скорей
И прах бездомный по ущелью
Без сожаления развей.[4]

---

[4] Написано на Кавказе при возвращении из ссылки «на север» - в Россию.

Кинжал

Люблю тебя, булатный мой кинжал,
Товарищ светлый и холодный.
Задумчивый грузин на месть тебя ковал,
На грозный бой точил черкес свободный.

Лилейная рука тебя мне поднесла
В знак памяти, в минуту расставанья,
И в первый раз не кровь вдоль по тебе текла,
Но светлая слеза - жемчужина страданья.

И черные глаза, остановясь на мне,
Исполненны таинственной печали,
Как сталь твоя при трепетном огне,
То вдруг тускнели, то сверкали.

Ты да мне в спутники, любви залог немой,
И страннику в тебе пример не бесполезный:
Да, я не изменюсь и буду твердд душой,
Как ты, как ты, мой друг железный.

Гляжу на будущность с боязнью,
Гляжу на прошлое с тоской
И, как преступник перед казнью,
Ищу кругом души родной;
Придет ли вестник избавленья
Открыть мне жизни назначенье,
Цель упований и страстей,
Поведать — что мне бог готовил,
Зачем так горько прекословил
Надеждам юности моей.

Земле я отдал дань земную
Любви, надежд, добра и зла;
Начать готов я жизнь другую,
Молчу и жду: пора пришла;
Я в мире не оставлю брата,
И тьмой и холодом объята
Душа усталая моя;
Как ранний плод, лишенный сока,
Она увяла в бурях рока
Под знойным солнцем бытия.

Посвящение[5]

Я кончил – и в груди невольное сомненье!
Займёт ли вновь тебя давно знакомый звук,
Стихов неведомых задумчивое пенье,
Тебя, забывчивый, но незабвенный друг?

Пробудится ль в тебе о прошлом сожаленье?
Иль, быстро пробежав докучную тетрадь,
Ты только мёртвого, пустого одобренья
Наложишь на неё холодную печать;

И не узнаешь здесь простого выраженья
Тоски, мой бедный ум томившей столько лет;
И примешь за игру иль сон воображенья
Больной души тяжёлый бред…

---

[5] В сентябре 1838 года Лермонтов завершил шестую редакцию «Демона», которая разошлась в рукописных копиях в огромном числе и которую поэт собирался публиковать. В этом же году в Петербурге состоялась короткая встреча Лермонтова с Лопухиной и её мужем, когда она направлялась на лечение за границу. Видимо, тогда Варвара попросила его посмотреть, верен ли её список поэмы. Лермонтов исполнил её просьбу, в конце рукописи написал карандашом посвящение и отослал ей.

Она поет — и звуки тают,
Как поцелуи на устах,
Глядит — и небеса играют
В ее божественных глазах;

Идет ли — все ее движенья,
Иль молвит слово — все черты
Так полны чувства, выраженья,
Так полны дивной простоты.[6]

---

[6] В этом и следующем стихотворении поэт обращается к известной певице П.А. Бартеневой, с которой был знаком ещё в Москве, в Петербурге постоянно встречался в салоне Карамзиных.

Как небеса, твой взор блистает
Эмалью голубой,
Как поцелуй, звучит и тает
Твой голос молодой.

За звук один волшебной речи,
За твой единый взгляд
Я рад отдать красавца сечи,
Грузинский мой булат;

И он порою сладко блещет
И сладостней звучит,
При звуке том душа трепещет
И в сердце кровь кипит.

Но жизнью бранной и мятежной
Не тешусь я с тех пор,
Как услыхал твой голос нежный
И встретил милый взор.

Дума

Печально я гляжу на наше поколенье!
Его грядущее — иль пусто, иль темно,
Меж тем, под бременем познанья и сомненья,
В бездействии состарится оно.
Богаты мы, едва из колыбели,
Ошибками отцов и поздним их умом,
И жизнь уж нас томит, как ровный путь без цели,
Как пир на празднике чужом.

К добру и злу постыдно равнодушны,
В начале поприща мы вянем без борьбы;
Перед опасностью позорно малодушны
И перед властию — презренные рабы.
Так тощий плод, до времени созрелый,
Ни вкуса нашего не радуя, ни глаз,
Висит между цветов, пришлец осиротелый,
И час их красоты — его паденья час!

Мы иссушили ум наукою бесплодной,
Тая завистливо от ближних и друзей
Надежды лучшие и голос благородный
Неверием осмеянных страстей.
Едва касались мы до чаши наслажденья,
Но юных сил мы тем не сберегли;
Из каждой радости, бояся пресыщенья,
Мы лучший сок навеки извлекли.

Мечты поэзии, создания искусства
Восторгом сладостным наш ум не шевелят;
Мы жадно бережем в груди остаток чувства —
Зарытый скупостью и бесполезный клад.
И ненавидим мы, и любим мы случайно,

Ничем не жертвуя ни злобе, ни любви,
И царствует в душе какой-то холод тайный,
Когда огонь кипит в крови.

И предков скучны нам роскошные забавы,
Их добросовестный, ребяческий разврат;
И к гробу мы спешим без счастья и без славы,
Глядя насмешливо назад.

Толпой угрюмою и скоро позабытой
Над миром мы пройдем без шума и следа,
Не бросивши векам ни мысли плодовитой,
Ни гением начатого труда.
И прах наш, с строгостью судьи и гражданина,
Потомок оскорбит презрительным стихом,
Насмешкой горькою обманутого сына
Над промотавшимся отцом.

Поэт

Отделкой золотой блистает мой кинжал;
Клинок надежный, без порока;
Булат его хранит таинственный закал, —
Наследье бранного востока.

Наезднику в горах служил он много лет,
Не зная платы за услугу;
Не по одной груди провел он страшный след
И не одну прорвал кольчугу.

Забавы он делил послушнее раба,
Звенел в ответ речам обидным.
В те дни была б ему богатая резьба
Нарядом чуждым и постыдным.

Он взят за Тереком отважным казаком
На хладном трупе господина,
И долго он лежал заброшенный потом
В походной лавке армянина.
Теперь родных ножон, избитых на войне,
Лишен героя спутник бедный;
Игрушкой золотой он блещет на стене —
Увы, бесславный и безвредный!

Никто привычною, заботливой рукой
Его не чистит, не ласкает,
И надписи его, молясь перед зарей,
Никто с усердьем не читает..

В наш век изнеженный не так ли ты, поэт,
Свое утратил назначенье,
На злато променяв ту власть, которой свет

Внимал в немом благоговенье?

Бывало, мерный звук твоих могучих слав
Воспламенял бойца для битвы;
Он нужен был толпе, как чаша для пиров,
Как фимиам в часы молитвы.

Твой стих, как божий дух, носился над толпой;
И отзыв мыслей благородных
Звучал, как колокол на башне вечевой,
Во дни торжеств и бед народных.

Но скучен нам простой и гордый твой язык; —
Нас тешат блестки и обманы;
Как ветхая краса, наш ветхий мир привык
Морщины прятать под румяны...

Проснешься ль ты опять, осмеянный пророк?
Иль никогда на голос мщенья
Из золотых ножон не вырвешь свой клинок,
Покрытый ржавчиной презренья?

Казачья колыбельная песня

Спи, младенец мой прекрасный,
Баюшки-баю.
Тихо смотрит месяц ясный
В колыбель твою.
Стану сказывать я сказки,
Песенку спою;
Ты ж дремли, закрывши глазки,
Баюшки-баю.

По камням струится Терек,
Плещет мутный вал;
Злой чечен ползет на берег,
Точит свой кинжал;
Но отец твой старый воин,
Закален в бою:
Спи, малютка, будь спокоен,
Баюшки-баю.

Сам узнаешь, будет время,
Бранное житье;
Смело вденешь ногу в стремя
И возьмешь ружье.
Я седельце боевое
Шелком разошью...
Спи, дитя мое родное,
Баюшки-баю.

Богатырь ты будешь с виду
И казак душой.
Провожать тебя я выйду -
Ты махнешь рукой...
Сколько горьких слез украдкой

Я в ту ночь пролью!..
Спи, мой ангел, тихо, сладко,
Баюшки-баю.

Стану я тоской томиться,
Безутешно ждать;
Стану целый день молиться,
По ночам гадать;
Стану думать, что скучаешь
Ты в чужом краю...
Спи ж, пока забот не знаешь,
Баюшки-баю.

Дам тебе я на дорогу
Образок святой:
Ты его, моляся богу,
Ставь перед собой;
Да, готовясь в бой опасный,
Помни мать свою...
Спи, младенец мой прекрасный,
Баюшки-баю.

Не верь себе

Не верь, не верь себе, мечтатель молодой,
Как язвы, бойся вдохновенья...
Оно — тяжелый бред души твоей больной
Иль пленной мысли раздраженье.
В нем признака небес напрасно не ищи:
То кровь кипит, то сил избыток!
Скорее жизнь свою в заботах истощи,
Разлей отравленный напиток!

Случится ли тебе в заветный, чудный миг
Отрыть в душе, давно безмолвной,
Еще неведомый и девственный родник,
Простых и сладких звуков полный, —
Не вслушивайся в них, не предавайся им,
Набрось на них покров забвенья:
Стихом размеренным и словом ледяным
Не передашь ты их значенья.

Закра́дется ль печаль в тайник души твоей,
Зайдет ли страсть с грозой и вьюгой —
Не выходи тогда на шумный пир людей
С своею бешеной подругой;
Не унижай себя. Стыдися торговать
То гневом, то тоской послушной
И гной душевных ран надменно выставлять
На диво черни простодушной.

Какое дело нам, страдал ты или нет?
На что́ нам знать твои волненья,
Надежды глупые первоначальных лет,
Рассудка злые сожаленья?
Взгляни: перед тобой играючи идет

Толпа дорогою привычной,
На лицах праздничных чуть виден след забот,
Слезы не встретишь неприличной.

А между тем из них едва ли есть один,
Тяжелой пыткой не измятый,
До преждевременных добравшийся морщин
Без преступленья иль утраты!..
Поверь: для них смешон твой плач и твой укор,
С своим напевом заучённым,
Как разрумяненный трагический актер,
Махающий мечом картонным...

Три пальмы

В песчаных степях аравийской земли
Три гордые пальмы высоко росли.
Родник между ними из почвы бесплодной,
Журча, пробивался волною холодной,
Хранимый, под сенью зеленых листов,
От знойных лучей и летучих песков.

И многие годы неслышно прошли;
Но странник усталый из чуждой земли
Пылающей грудью ко влаге студеной
Еще не склонялся под кущей зеленой,
И стали уж сохнуть от знойных лучей
Роскошные листья и звучный ручей.

И стали три пальмы на бога роптать:
"На то ль мы родились, чтоб здесь увядать?
Без пользы в пустыне росли и цвели мы,
Колеблемы вихрем и зноем палимы,
Ничей благосклонный не радуя взор?..
Не прав твой, о небо, святой приговор!"

И только замолкли - в дали голубой
Столбом уж крутился песок золотой,
Звонком раздавались нестройные звуки,
Пестрели коврами покрытые вьюки,
И шел, колыхаясь, как в море челнок,
Верблюд за верблюдом, взрывая песок.

Мотаясь, висели меж твердых горбов
Узорные полы походных шатров;
Их смуглые ручки порой подымали,
И черные очи оттуда сверкали...

И, стан худощавый к луке наклоня,
Араб горячил вороного коня.

И конь на дыбы подымался порой,
И прыгал, как барс, пораженный стрелой;
И белой одежды красивые складки
По плечам фариса вились в беспорядке;
И с криком и свистом несясь по песку,
Бросал и ловил он копье на скаку.

Вот к пальмам подходит, шумя, караван:
В тени их веселый раскинулся стан.
Кувшины звуча налилися водою,
И, гордо кивая махровой главою,
Приветствуют пальмы нежданных гостей,
И щедро их поит студеный ручей.

Но только что сумрак на землю упал,
По корням упругим топор застучал,
И пали без жизни питомцы столетий!
Одежду их сорвали малые дети,
Изрублены были тела их потом,
И медленно жгли до утра их огнем.

Когда же на запад умчался туман,
Урочный свой путь совершал караван;
И следом печальный на почве бесплодной
Виднелся лишь пспел седой и холодный;
И солнце остатки сухие дожгло,
А ветром их в степи потом разнесло.

И ныне все дико и пусто кругом -
Не шепчутся листья с гремучим ключом:
Напрасно пророка о тени он просит -

Его лишь песок раскаленный заносит
Да коршун хохлатый, степной нелюдим,
Добычу терзает и щиплет над ним.

Молитва[7]

В минуту жизни трудную
Теснится ль в сердце грусть:
Одну молитву чудную
Твержу я наизусть.

Есть сила благодатная
В созвучье слов живых,
И дышит непонятная,
Святая прелесть в них.

С души как бремя скатится,
Сомненье далеко -
И верится, и плачется,
И так легко, легко....

---

[7] Написана для Марии Алексеевны Щербатовой, о которой Лермонтов говорил: «...такая, что ни в сказке сказать, ни пером написать». Светская молва связывала её имя с дуэлью Лермонтова и Баранта. А. И. Тургенев, встретивший Щербатову в Москве, где в это время был Лермонтов, направлявшийся в кавказскую ссылку, записал в дневнике: «Сквозь слёзы смеётся. Любит Лермонтова».

Дары Терека

Терек воет, дик и злобен,
Меж утесистых громад,
Буре плач его подобен,
Слезы брызгами летят.
Но, по степи разбегаясь,
Он лукавый принял вид
И, приветливо ласкаясь,
Морю Каспию журчит:

"Расступись, о старец море,
Дай приют моей волне!
Погулял я на просторе,
Отдохнуть пора бы мне.
Я родился у Казбека,
Вскормлен грудью облаков,
С чуждой властью человека
Вечно спорить я готов.
Я, сынам твоим в забаву,
Разорил родной Дарьял
И валунов им, на славу,
Стадо целое пригнал".

Но, склонясь на мягкий берег,
Каспий стихнул, будто спит,
И опять, ласкаясь, Терек
Старцу на ухо журчит:

"Я привез тебе гостинец!
То гостинец не простой:
С поля битвы кабардинец,
Кабардинец удалой.
Он в кольчуге драгоценной,

В налокотниках стальных:
Из Корана стих священный
Писан золотом на них.
Он упрямо сдвинул брови,
И усов его края
Обагрила знойной крови
Благородная струя;
Взор открытый, безответный,
Полон старою враждой;
По затылку чуб заветный
Вьется черною космой".

Но, склонясь на мягкий берег,
Каспий дремлет и молчит;
И, волнуясь, буйный Терек
Старцу снова говорит:

"Слушай, дядя: дар бесценный!
Что другие все дары?
Но его от всей вселенной
Я таил до сей поры.
Я примчу к тебе с волнами
Труп казачки молодой,
С темно-бледными плечами,
С светло-русою косой.
Грустен лик ее туманный,
Взор так тихо, сладко спит,
А на грудь из малой раны
Струйка алая бежит.
По красотке молодице
Не тоскует над рекой
Лишь один во всей станице
Казачина гребенской.
Оседлал он вороного,

И в горах, в ночном бою,
На кинжал чеченца злого
Сложит голову свою".

Замолчал поток сердитый,
И над ним, как снег бела,
Голова с косой размытой,
Колыхаяся, всплыла.

И старик во блеске власти
Встал, могучий, как гроза,
И оделись влагой страсти
Темно-синие глаза.

Он взыграл, веселья полный,-
И в объятия свои
Набегающие волны
Принял с ропотом любви.

Есть речи - значенье
Темно иль ничтожно,
Но им без волненья
Внимать невозможно.

Как полны их звуки
Безумством желанья!
В них слезы разлуки,
В них трепет свиданья.

Не встретит ответа
Средь шума мирского
Из пламя и света
Рожденное слово;

Но в храме, средь боя
И где я ни буду,
Услышав, его я
Узнаю повсюду.

Не кончив молитвы,
На звук тот отвечу,
И брошусь из битвы
Ему я навстречу.[8]

---

[8] Стихотворение посвящено великосветской красавице Марии Петровне Соломирской, страстно увлечённой поэзией Лермонтова. Зимой 1839 – 1840 года они часто встречались.

Как часто, пёстрою толпою окружён,
Когда передо мной, как будто бы сквозь сон,
При шуме музыки и пляски,
При диком шёпоте затверженных речей,
Мелькают образы бездушные людей,
Приличьем стянутые маски,

Когда касаются холодных рук моих
С небрежной смелостью красавиц городских
Давно бестрепетные руки, —
Наружно погружась в их блеск и суету,
Ласкаю я в душе старинную мечту,
Погибших лет святые звуки.

И если как-нибудь на миг удастся мне
Забыться, — памятью к недавней старине
Лечу я вольной, вольной птицей;
И вижу я себя ребенком, и кругом
Родные всё места: высокий барский дом
И сад с разрушенной теплицей;

Зелёной сетью трав подернут спящий пруд,
А за прудом село дымится — и встают
Вдали туманы над полями.
В аллею тёмную вхожу я; сквозь кусты
Глядит вечерний луч, и жёлтые листы
Шумят под робкими шагами.

И странная тоска теснит уж грудь мою;
Я думаю об ней, я плачу и люблю,
Люблю мечты моей созданье
С глазами, полными лазурного огня,
С улыбкой розовой, как молодого дня
За рощей первое сиянье.

Так царства дивного всесильный господин —
Я долгие часы просиживал один,
И память их жива поныне
Под бурей тягостных сомнений и страстей,
Как свежий островок безвредно средь морей
Цветёт на влажной их пустыне.

Когда ж, опомнившись, обман я узнаю
И шум толпы людской спугнёт мечту мою,
На праздник незванную гостью,
О, как мне хочется смутить весёлость их
И дерзко бросить им в глаза железный стих,
Облитый горечью и злостью!..

И скучно и грустно, и некому руку подать
В минуту душевной невзгоды...
Желанья!.. что пользы напрасно и вечно желать?..
А годы проходят - все лучшие годы!

Любить... но кого же?.. на время - не стоит труда,
А вечно любить невозможно.
В себя ли заглянешь? - там прошлого нет и следа:
И радость, и муки, и всё там ничтожно...

Что страсти? - ведь рано иль поздно их сладкий недуг
Исчезнет при слове рассудка;
И жизнь, как посмотришь с холодным вниманьем вокруг -
Такая пустая и глупая шутка...

Из Гете

Горные вершины
Спят во тьме ночной;
Тихие долины
Полны свежей мглой;
Не пылит дорога,
Не дрожат листы...
Подожди немного,
Отдохнёшь и ты.

Воздушный корабль[9]

Из Цедлица

По синим волнам океана,
Лишь звезды блеснут в небесах,
Корабль одинокий несется,
Несется на всех парусах.

Не гнутся высокие мачты,
На них флюгера не шумят,
И молча в открытые люки
Чугунные пушки глядят.

Не слышно на нем капитана,
Не видно матросов на нем,
Но скалы, и тайные мели,
И бури ему нипочем.

Есть остров на том океане —
Пустынный и мрачный гранит.
На острове том есть могила,
А в ней император зарыт.

Зарыт он без почестей бранных
Врагами в сыпучий песок,
Лежит на нем камень тяжелый,
Чтоб встать он из гроба не мог.

---

[9] Написан в марте 1840 года в ордонанс-гаузе – в Петербургской офицерской тюрьме после дуэли с Барантом в связи со слухами о том, что французское правительство намерено перенести прах Наполеона с острова Святой Елены в Париж.

И в час его грустной кончины,
В полночь, как свершается год,
К высокому берегу тихо
Воздушный корабль пристает.

Из гроба тогда император,
Очнувшись, является вдруг, —
На нем треугольная шляпа
И серый походный сюртук.

Скрестивши могучие руки,
Главу опустивши на грудь,
Идет и к рулю он садится
И быстро пускается в путь.

Несется он к Франции милой,
Где славу оставил и трон,
Оставил наследника-сына
И старую гвардию он.

И только что землю родную
Завидит во мраке ночном,
Опять его сердце трепещет
И очи пылают огнем.

На берег большими шагами
Он смело и прямо идет,
Соратников громко он кличет
И маршалов грозно зовет.

Но спят усачи-гренадеры —
В равнине, где Эльба шумит,
Под снегом холодной России,
Под знойным песком пирамид.

И маршалы зова не слышат:
Иные погибли в бою,
Другие ему изменили
И продали шпагу свою.
И, топнув о землю ногою,
Сердито он взад и вперед
По тихому берегу ходит,
И снова он громко зовет:

Зовет он любезного сына,
Опору в превратной судьбе;
Ему обещает полмира,
А Францию — только себе.

Но в цвете надежды и силы
Угас его царственный сын,
И долго, его поджидая,
Стоит император один —

Стоит он и тяжко вздыхает,
Пока озарится восток,
И капают горькие слезы
Из глаз на холодный песок,

Потом на корабль свой волшебный,
Главу опустивши на грудь,
Идет и, махнувши рукою,
В обратный пускается путь.

Соседка

Не дождаться мне, видно, свободы,
А тюремные дни будто годы;
И окно высоко над землей!
И у двери стоит часовой!

Умереть бы уж мне в этой клетке,
Кабы не было милой соседки!..
Мы проснулись сегодня с зарей,
Я кивнул ей слегка головой.

Разлучив, нас сдружила неволя,
Познакомила общая доля,
Породнило желанье одно
Да с двойною решеткой окно;

У окна лишь поутру я сяду,
Волю дам ненасытному взгляду...
Вот напротив окошечко: стук!
Занавеска подымется вдруг.

На меня посмотрела плутовка!
Опустилась на ручку головка,
А с плеча, будто сдул ветерок,
Полосатый скатился платок,

Но бледна ее грудь молодая,
И сидит она, долго вздыхая,
Видно, буйную думу тая,
Все тоскует по воле, как я.

Не грусти, дорогая соседка...
Захоти лишь - отворится клетка,

И, как божии птички, вдвоем
Мы в широкое поле порхнем.

У отца ты ключи мне украдешь,
Сторожей за пирушку усадишь,
А уж с тем, что поставлен к дверям,
Постараюсь я справиться сам.

Избери только ночь потемнее,
Да отцу дай вина похмельнее,
Да повесь, чтобы ведать я мог,
На окно полосатый платок.

Журналист, Читатель и Писатель[10]

Комната Писателя; опущенные шторы. Он сидит в больших креслах перед камином. Читатель, с сигарой, стоит спиной к камину. Журналист входит.

Журналист
Я очень рад, что вы больны:
В заботах жизни, в шуме света
Теряет скоро ум поэта
Свои божественные сны.
Среди различных впечатлений
На мелочь душу разменяв,
Он гибнет жертвой общих мнений.
Когда ему в пылу забав
Обдумать зрелое творенье?..
Зато какая благодать,
Коль небо вздумает послать
Ему изгнанье, заточенье
Иль даже долгую болезнь:
Тотчас в его уединенье
Раздастся сладостная песнь!
Порой влюбляется он страстно
В свою нарядную печаль…
Ну, что́ вы пишете? Нельзя ль
Узнать?

Писатель

---

[10] Написано в марте 1840 года на Арсенальной гауптвахте, куда Лермонтов был временно переведён из ордонанс-гауза, в связи с острой литературной борьбой между журналами «Отечественные записки» Белинского и «Сын отечества», которым руководили реакционные журналисты Греч, Булгарин , Полевой.

Да ничего…

Журналист
Напрасно!

Писатель
О чём писать? Восток и юг
Давно описаны, воспеты;
Толпу ругали все поэты,
Хвалили все семейный круг;
Все в небеса неслись душою,
Взывали, с тайною мольбою,
К N. N., неведомой красе, —
И страшно надоели все.

Читатель
И я скажу — нужна отвага,
Чтобы открыть… хоть ваш журнал
(Он мне уж руки обломал):
Во-первых, серая бумага,
Она, быть может, и чиста,
Да как-то страшно без перчаток…
Читаешь — сотни опечаток!
Стихи — такая пустота:
Слова без смысла, чувства нету,
Натянут каждый оборот;
Притом — сказать ли по секрету?
И в рифмах часто недочет.
Возьмешь ли прозу? — перевод.
А если вам и попадутся
Рассказы на родимый лад —
То, верно, над Москвой смеются
Или чиновников бранят.
С кого они портреты пишут?

Где разговоры эти слышат?
А если и случалось им,
Так мы их слышать не хотим...
Когда же на Руси бесплодной,
Расставшись с ложной мишурой,
Мысль обретет язык простой
И страсти голос благородный?

Журналист
Я точно то же говорю.
Как вы, открыто негодуя,
На музу русскую смотрю я.
Прочтите критику мою.

Читатель
Читал я. Мелкие нападки
На шрифт, виньетки, опечатки,
Намеки тонкие на то,
Чего не ведает никто.
Хотя б забавно было свету!..
В чернилах ваших, господа,
И желчи едкой даже нету —
А просто грязная вода.

Журналист
И с этим надо согласиться.
Но верьте мне, душевно рад
Я был бы вовсе не браниться —
Да как же быть?.. Меня бранят!
Войдите в наше положенье!
Читает нас и низший круг:
Нагая резкость выраженья
Не всякий оскорбляет слух;
Приличье, вкус — всё так условно;

А деньги все ведь платят ровно!
Поверьте мне: судьбою несть
Даны нам тяжкие вериги.
Скажите, каково прочесть
Весь этот вздор, все эти книги, —
И всё зачем? — Чтоб вам сказать,
Что их не надобно читать!..

Читатель
Зато какое наслажденье,
Как отдыхает ум и грудь,
Коль попадется как-нибудь
Живое, свежее творенье!
Вот, например, приятель мой:
Владеет он изрядным слогом,
И чувств и мыслей полнотой
Он одарен Всевышним Богом.

Журналист
Всё это так, да вот беда:
Не пишут эти господа.

Писатель
О чём писать?.. Бывает время,
Когда забот спадает бремя,
Дни вдохновенного труда,
Когда и ум и сердце полны
И рифмы дружные, как волны,
Журча, одна вослед другой
Несутся вольной чередой.
Восходит чудное светило
В душе проснувшейся едва;
На мысли, дышащие силой,
Как жемчуг нижутся слова…

Тогда с отвагою свободной
Поэт на будущность глядит
И мир мечтою благородной
Пред ним очищен и обмыт.
Но эти странные творенья
Читает дома он один,
И ими после без зазренья
Он затопляет свой камин.
Ужель ребяческие чувства,
Воздушный, безотчетный бред
Достойны строгого искусства?
Их осмеет, забудет свет…

Бывают тягостные ночи:
Без сна, горят и плачут очи,
На сердце — жадная тоска;
Дрожа, холодная рука
Подушку жаркую объемлет;
Невольный страх власы подъемлет;
Болезненный, безумный крик
Из груди рвется — и язык
Лепечет громко, без сознанья
Давно забытые названья;
Давно забытые черты
В сиянье прежней красоты
Рисует память своевольно:
В очах любовь, в устах обман —
И веришь снова им невольно,
И как-то весело и больно
Тревожить язвы старых ран…
Тогда пишу. Диктует совесть,
Пером сердитый водит ум:
То соблазнительная повесть
Сокрытых дел и тайных дум;

Картины хладные разврата,
Преданья глупых юных дней,
Давно без пользы и возврата
Погибших в омуте страстей,
Средь битв незримых, но упорных,
Среди обманщиц и невежд,
Среди сомнений ложно-черных
И ложно-радужных надежд.
Судья безвестный и случайный,
Не дорожа чужою тайной,
Приличьем скрашенный порок
Я смело предаю позору;
Неумолим я и жесток…
Но, право, этих горьких строк
Неприготовленному взору
Я не решуся показать…
Скажите ж мне, о чем писать?..
К чему толпы неблагодарной
Мне злость и ненависть навлечь,
Чтоб бранью на́звали коварной
Мою пророческую речь?
Чтоб тайный яд страницы знойной
Смутил ребенка сон покойный
И сердце слабое увлек
В свой необузданный поток?
О нет! преступною мечтою
Не ослепляя мысль мою,
Такой тяжелою ценою
Я вашей славы не куплю.

Отчего[11]

Мне грустно, потому что я тебя люблю,
И знаю: молодость цветущую твою
Не пощадит молвы коварное гоненье.
За каждый светлый день иль сладкое мгновенье
Слезами и тоской заплатишь ты судьбе.
Мне грустно... потому что весело тебе.

---

[11] Предполагается, что стихотворение обращено к М. А. Щербатовой.

Благодарность[12]

За все, за все тебя благодарю я:
За тайные мучения страстей,
За горечь слез, отраву поцелуя,
За месть врагов и клевету друзей;
За жар души, растраченный в пустыне,
За все, чем я обманут в жизни был...
Устрой лишь так, чтобы тебя отныне
Недолго я еще благодарил.

---

[12] Ирония над прославлением благости господней. Стихотворение как бы пародирует благодарственную молитву за премудрое и благое устроение мира (Б. Бухштаб)

А.О. Смирновой[13]

Без вас хочу сказать вам много,
При вас я слушать вас хочу;
Но молча вы глядите строго,
И я в смущении молчу.
Что ж делать?.. Речью неискусной
Занять ваш ум мне не дано...
Всё это было бы смешно,
Когда бы не было так грустно...

---

[13] Александра Осиповна Смирнова-Россет – фрейлина царского двора, находилась в дружеских отношениях с Пушкиным, Жуковским, Гоголем, была тесно связана со всем кругом писателей, встречающихся в салоне Карамзиных и у неё. К числу её хороших друзей относился и Лермонтов.

К портрету[14]

Как мальчик кудрявый, резва,
Нарядна, как бабочка летом;
Значенья пустого слова
В устах ее полны приветом.

Ей нравиться долго нельзя:
Как цепь ей несносна привычка,
Она ускользнет, как змея,
Порхнет и умчится, как птичка.

Таит молодое чело
По воле - и радость и горе.
В глазах - как на небе светло,
В душе ее темно, как в море!
То истиной дышит в ней всё,
То всё в, ней притворно и ложно!
Понять невозможно ее,
Зато не любить невозможно.

---

[14] В 1840 году известный французский художник А. Граведон сделал литографию портрета юной красавицы А. К. Воронцовой–Дашковой. Дружески относившийся к ней Лермонтов написал посвящение «К портрету».

Тучи[15]

Тучки небесные, вечные странники!
Степью лазурною, цепью жемчужною
Мчитесь вы, будто как я же, изгнанники
С милого севера в сторону южную.

Кто же вас гонит: судьбы ли решение?
Зависть ли тайная? злоба ль открытая?
Или на вас тяготит преступление?
Или друзей клевета ядовитая?

Нет, вам наскучили нивы бесплодные...
Чужды вам страсти и чужды страдания;
Вечно холодные, вечно свободные,
Нет у вас родины, нет вам изгнания.

---

[15] В день отъезда Лермонтова в кавказскую ссылку в доме Карамзиных собрались друзья, чтобы проститься с ним перед разлукой. Поэт, стоя у окна и глядя на тучи, плывшие над Фонтанкой и Летним садом, импровизировал. Софья Николаевна Карамзина записала стихи.

Валерик

Я к вам пишу случайно, — право,
Не знаю как и для чего.
Я потерял уж это право.
И что скажу вам? — ничего!
Что помню вас? — но, боже правый,
Вы это знаете давно;
И вам, конечно, всё равно.

И знать вам также нету нужды,
Где я? что я? в какой глуши?
Душою мы друг другу чужды,
Да вряд ли есть родство души.
Страницы прошлого читая,
Их по порядку разбирая
Теперь остынувшим умом,
Разуверяюсь я во всем.
Смешно же сердцем лицемерить
Перед собою столько лет;
Добро б еще морочить свет!
Да и притом, что пользы верить
Тому, чего уж больше нет?..
Безумно ждать любви заочной?
В наш век все чувства лишь на срок,
Но я вас помню — да и точно,
Я вас никак забыть не мог!

Во-первых, потому, что много
И долго, долго вас любил,
Потом страданьем и тревогой
За дни блаженства заплатил,
Потом в раскаянье бесплодном
Влачил я цепь тяжелых лет

И размышлением холодным
Убил последний жизни цвет.
С людьми сближаясь осторожно,
Забыл я шум младых проказ,
Любовь, поэзию, — но вас
Забыть мне было невозможно.

И к мысли этой я привык,
Мой крест несу я без роптанья:
То иль другое наказанье? —
Не всё ль одно. Я жизнь постиг.
Судьбе, как турок иль татарин,
За всё я ровно благодарен,
У бога счастья не прошу
И молча зло переношу.
Быть может, небеса Востока
Меня с ученьем их пророка
Невольно сблизили. Притом
И жизнь всечасно кочевая,
Труды, заботы ночь и днем,
Всё, размышлению мешая,
Приводит в первобытный вид
Больную душу: сердце спит,
Простора нет воображенью…
И нет работы голове…
Зато лежишь в густой траве
И дремлешь под широкой тенью
Чинар иль виноградных лоз,
Кругом белеются палатки;
Казачьи тощие лошадки
Стоят рядком, повеся нос;
У медных пушек спит прислуга,
Едва дымятся фитили;
Попарно цепь стоит вдали;

Штыки горят под солнцем юга.
Вот разговор о старине
В палатке ближней слышен мне,
Как при Ермолове ходили
В Чечню, в Аварию, к горам;
Как там дрались, как мы их били,
Как доставалося и нам.
И вижу я неподалеку
У речки: следуя пророку,
Мирно́й татарин свой намаз
Творит, не подымая глаз.
А вот кружком сидят другие.
Люблю я цвет их желтых лиц,
Подобный цвету ноговиц,
Их шапки, рукава худые,
Их темный и лукавый взор
И их гортанный разговор.
Чу — дальний выстрел! Прожужжала
Шальная пуля… славный звук…
Вот крик — и снова всё вокруг
Затихло… Но жара уж спа́ла,
Ведут коней на водопой,
Зашевелилася пехота;
Вот проскакал один, другой!
Шум, говор: «Где вторая рота?»
— «Что, вьючить?» — «Что же капитан?»
— «Повозки выдвигайте живо!»
«Савельич!» — «Ой ли!»
— «Дай огни́во!»
Подъем ударил барабан,
Гудит музы́ка полковая;
Между колоннами въезжая,
Звенят орудья. Генерал
Вперед со свитой поскакал…

Рассыпались в широком поле,
Как пчелы, с гиком казаки;
Уж показалися значки
Там на опушке — два и боле.
А вот в чалме один мюрид
В черкеске красной ездит важно,
Конь светло-серый весь кипит,
Он машет, кличет — где отважный?
Кто выдет с ним на смертный бой!..
Сейчас, смотрите: в шапке черной
Казак пустился гребенской,
Винтовку выхватил проворно,
Уж близко… Выстрел… Легкий дым…
«Эй, вы, станичники, за ним…»
— «Что? ранен!..» «Ничего, безделка…»
И завязалась перестрелка…

Но в этих сшибках удалых
Забавы много, толку мало.
Прохладным вечером, бывало,
Мы любовалися на них,
Без кровожадного волненья,
Как на трагический балет.
Зато видал я представленья,
Каких у вас на сцене нет…

Раз — это было под Гихами —
Мы проходили темный лес;
Огнем дыша, пылал над нами
Лазурно-яркий свод небес.
Нам был обещан бой жестокий.
Из гор Ичкерии далекой
Уже в Чечню на братний зов
Толпы стекались удальцов.

Над допотопными лесами
Мелькали маяки кругом,
И дым их то вился столпом,
То расстилался облаками.
И оживилися леса,
Скликались дико голоса
Под их зелеными шатрами.
Едва лишь выбрался обоз
В поляну, дело началось.
Чу! в арьергард орудья просят,
Вот ружья из кустов ‹вы› носят,
Вот тащат за́ ноги людей
И кличут громко лекарей.
А вот и слева, из опушки,
Вдруг с гиком кинулись на пушки,
И градом пуль с вершин дерев
Отряд осыпан. Впереди же
Всё тихо — там между кустов
Бежал поток. Подходим ближе.
Пустили несколько гранат.
Еще подвинулись; молчат;
Но вот над бревнами завала
Ружье как будто заблистало,
Потом мелькнуло шапки две,
И вновь всё спряталось в траве.
То было грозное молчанье,
Недолго дилилося оно,
Но ‹в› этом странном ожиданье
Забилось сердце не одно.
Вдруг залп… Глядим: лежат рядами —
Что нужды? — здешние полки,
Народ испытанный… «В штыки,
Дружнее!» — раздалось за нами.
Кровь загорелася в груди!

Все офицеры впереди…
Верхом помчался на завалы
Кто не успел спрыгну́ть с коня…
«Ура!» — и смолкло. «Вон кинжалы,
В приклады!» — и пошла резня.
И два часа в струях потока
Бой длился. Резались жестоко,
Как звери, молча, с грудью грудь,
Ручей телами запрудили.
Хотел воды я зачерпнуть
(И зной и битва утомили
Меня)… но мутная волна
Была тепла, была красна.

На берегу, под тенью дуба,
Пройдя завалов первый ряд,
Стоял кружок. Один солдат
Был на коленах. Мрачно, грубо
Казалось выраженье лиц,
Но слезы капали с ресниц,
Покрытых пылью… На шинели,
Спиною к дереву, лежал
Их капитан. Он умирал.
В груди его едва чернели
Две ранки, кровь его чуть-чуть
Сочилась. Но высоко грудь
И трудно подымалась; взоры
Бродили страшно, он шептал:
«Спасите, братцы. Тащат в горы.
Постойте — ранен генерал…
Не слышат…» Долго он стонал,
Но всё слабей, и понемногу
Затих и душу отдал богу.
На ружья опершись, кругом

Стояли усачи седые…
И тихо плакали… Потом
Его остатки боевые
Накрыли бережно плащом
И понесли. Тоской томимый,
Им вслед смотрел ‹я› недвижи́мый.
Меж тем товарищей, друзей
Со вздохом возле называли,
Но не нашел в душе моей
Я сожаленья, ни печали.
Уже затихло всё; тела
Стащили в кучу; кровь текла
Струею дымной по каменьям,
Ее тяжелым испареньем
Был полон воздух. Генерал
Сидел в тени на барабане
И донесенья принимал.
Окрестный лес, как бы в тумане,
Синел в дыму пороховом.
А там вдали грядой нестройной,
Но вечно гордой и спокойной,
Тянулись горы — и Казбек
Сверкал главой остроконечной.
И с грустью тайной и сердечной
Я думал: «Жалкий человек.
Чего он хочет!.. Небо ясно,
Под небом места много всем,
Но беспрестанно и напрасно
Один враждует он — зачем?»
Галуб прервал мое мечтанье.
Ударив по плечу, — он был
Кунак мой, — я его спросил,
Как месту этому названье?
Он отвечал мне: «Валерик,

А перевесть на ваш язык,
Так будет речка смерти: верно,
Дано старинными людьми».
— «А сколько их дралось примерно
Сегодня?» — «Тысяч до семи».
— «А много горцы потеряли?»
— «Как знать? — зачем вы не считали!»
— «Да! будет, — кто-то тут сказал, —
Им в память этот день кровавый!»
Чеченец посмотрел лукаво
И головою покачал.

Но я боюся вам наскучить,
В забавах света вам смешны
Тревоги дикие войны.
Свой ум вы не привыкли мучить
Тяжелой думой о конце.
На вашем молодом лице
Следов заботы и печали
Не отыскать, и вы едва ли
Вблизи когда-нибудь видали,
Как умирают. Дай вам бог
И не видать: иных тревог
Довольно есть. В самозабвенье
Не лучше ль кончить жизни путь?
И беспробудным сном заснуть
С мечтой о близком пробужденье?

Теперь прощайте: если вас
Мой безыскусственный рассказ
Развеселит, займет хоть малость,
Я буду счастлив. А не так?
Простите мне его как шалость

И тихо молвите: чудак!..[16]

---

[16] Варвара Александровна Лопухина (1815 – 1851) – младшая сестра близкого друга Лермонтова Алексея. В Москве жили рядом, познакомились в конце 1831 года, когда юная Варенька приехала из тамбовского имения, чтобы выйти в свет. Отъезд Лермонтова в Петербург и последующие три года отдалили их друг от друга, и Варвара подчинилась обстоятельствам: вышла замуж за Н.Ф. Бахметева, почти в два раза старше её. Была несчастлива, вскоре после замужества заболела. Муж оказался ревнивым, сжёг переписку с Лермонтовым, не мог слышать даже его имени. Сведения о ней поэт мог получить только от Алексея и их старшей сестры Марии. Он считал её своим другом, но, как пишет первый биограф поэта П.А. Висковатов, «Мария Александровна…уничтожила всё, где в письмах к ней он говорил о её сестре Вареньке…Даже в дошедших до нас немногих листах, касающихся Вареньки и любви к ней Лермонтова, строки вырваны». (Возраст и физические недостатки - М.А.Лопухина была некрасива и горбата, 1802 года рождения - сделали её ожесточённой и завистливой). После гибели поэта Варвара стала угасать, решительно отказалась лечиться. «Я отношу это расстройство к смерти Мишеля», - признавала Мария Александровна. Сохранилась лишь часть её архива – рисунки и стихи Лермонтова, которые Варвара, находясь на лечении в Германии, в 1839 году передала кузине Лермонтова А.М. Верещагиной.
Варвара Лопухина заняла большое место в творчестве поэта. О ней он говорит устами одного из героев своей драмы «Два брата» (1835): «Прошло три года разлуки, мучительные, пустые три года, я далеко продвинулся дорогой жизни, но драгоценное чувство следовало за мной». Лермонтов всё больше осознавал свою любовь. Кроме многих стихов, образ Варвары запечатлён под именем Веры вместе с её мужем в неоконченной повести «Княгиня Лиговская» (1836), под этим же именем она предстаёт и в «Герое нашего времени».

Завещание

Наедине с тобою, брат,
Хотел бы я побыть:
На свете мало, говорят,
Мне остается жить!
Поедешь скоро ты домой:
Смотри ж... Да что? моей судьбой,
Сказать по правде, очень
Никто не озабочен.
А если спросит кто-нибудь...
Ну, кто бы ни спросил,
Скажи им, что навылет в грудь
Я пулей ранен был;
Что умер честно за царя,
Что плохи наши лекаря
И что родному краю
Поклон я посылаю.

Отца и мать мою едва ль
Застанешь ты в живых...
Признаться, право, было б жаль
Мне опечалить их;
Но если кто из них и жив,
Скажи, что я писать ленив,
Что полк в поход послали
И чтоб меня не ждали.

Соседка есть у них одна...
Как вспомнишь, как давно
Расстались!.. Обо мне она
Не спросит... все равно,
Ты расскажи всю правду ей,
Пустого сердца не жалей;

Пускай она поплачет...
Ей ничего не значит!

Оправдание

Когда одни воспоминанья
О заблуждениях страстей,
Наместо славного названья,
Твой друг оставит меж людей

И будет спать в земле безгласно
То сердце, где кипела кровь,
Где так безумно, так напрасно
С враждой боролася любовь;

Когда пред общим приговором
Ты смолкнешь, голову склоня,
И будет для тебя позором
Любовь безгрешная твоя, —

Того, кто страстью и пороком
Затмил твои младые дни,
Молю, язвительным упреком
Ты в оный час не помяни.

Но пред судом толпы лукавой
Скажи, что судит нас иной
И что прощать святое право
Страданьем куплено тобой.

Родина[17]

Люблю отчизну я, но странною любовью!
Не победит ее рассудок мой.
Ни слава, купленная кровью,
Ни полный гордого доверия покой,
Ни темной старины заветные преданья
Не шевелят во мне отрадного мечтанья.

Но я люблю - за что, не знаю сам -
Ее степей холодное молчанье,
Ее лесов безбрежных колыханье,
Разливы рек ее, подобные морям;
Проселочным путем люблю скакать в телеге
И, взором медленным пронзая ночи тень,
Встречать по сторонам, вздыхая о ночлеге,
Дрожащие огни печальных деревень;
Люблю дымок спаленной жнивы,
В степи ночующий обоз
И на холме средь желтой нивы
Чету белеющих берез.
С отрадой, многим незнакомой,
Я вижу полное гумно,
Избу, покрытую соломой,
С резными ставнями окно;
И в праздник, вечером росистым,
Смотреть до полночи готов
На пляску с топаньем и свистом
Под говор пьяных мужичков.

---

[17] Белинский в письме от 31 марта 1841 года с восторгом пишет: «Лермонтов ещё в Питере. Если будет напечатана его «Родина», - то, аллах керим, - что за вещь – пушкинская, т.е. одна из лучших пушкинских».

Любовь мертвеца

Пускай холодною землею
Засыпан я,
О друг! всегда, везде с тобою
Душа моя.
Любви безумного томленья,
Жилец могил,
В стране покоя и забвенья
Я не забыл.

Без страха в час последней муки
Покинув свет,
Отрады ждал я от разлуки —
Разлуки нет.
Я видел прелесть бестелесных
И тосковал,
Что образ твой в чертах небесных
Не узнавал.

Что мне сиянье божьей власти
И рай святой?
Я перенес земные страсти
Туда с собой.
Ласкаю я мечту родную
Везде одну;
Желаю, плачу и ревную
Как в старину.

Коснется ль чуждое дыханье
Твоих ланит,
Моя душа в немом страданье
Вся задрожит.
Случится ль, шепчешь, засыпая,

Ты о другом,
Твои слова текут, пылая,
По мне огнем.

Ты не должна любить другого,
Нет, не должна,
Ты мертвецу святыней слова
Обручена;
Увы, твой страх, твои моленья -
К чему оне?
Ты знаешь, мира и забвенья
Не надо мне!

На севере диком стоит одиноко
На голой вершине сосна,
И дремлет, качаясь, и снегом сыпучим
Одета, как ризой, она.

И снится ей все, что в пустыне далекой,
В том крае, где солнца восход,
Одна и грустна на утесе горючем
Прекрасная пальма растет.

Любил и я в былые годы,
В невинности души моей,
И бури шумные природы
И бури тайные страстей.

Но красоты их безобразной
Я скоро таинство постиг,
И мне наскучил их несвязный
И оглушающий язык.

Люблю я больше год от году,
Желаньям мирным дав простор,
Поутру ясную погоду,
Под вечер тихий разговор,

Люблю я парадоксы ваши,
И ха-ха-ха, и хи-хи-хи,
Смирновой штучку, фарсу Саши
И Ишки Мятлева стихи…

Графине Ростопчиной[18]

Я верю: под одной звездою
Мы с вами были рождены;
Мы шли дорогою одною,
Нас обманули те же сны.
Но что ж! — от цели благородной
Оторван бурею страстей,
Я позабыл в борьбе бесплодной
Преданья юности моей.
Предвидя вечную разлуку,
Боюсь я сердцу волю дать;
Боюсь предательскому звуку
Мечту напрасную вверять...

Так две волны несутся дружно
Случайной, вольною четой
В пустыне моря голубой:
Их гонит вместе ветер южный;
Но их разрознит где-нибудь
Утеса каменная грудь...
И, полны холодом привычным,
Они несут брегам различным,
Без сожаленья и любви,
Свой ропот сладостный и томный,
Свой бурный шум, свой блеск заемный,
И ласки вечные свои.

---

[18] Евдокия Петровна Растопчина – известная в то время поэтесса. Лермонтов знал её ещё по Москве, с детских лет. В последние годы он встречался с ней в Петербурге, особенно часто – в салоне Карамзиных. Уезжая в последнюю ссылку, из которой ему не суждено было вернуться, поэт подарил ей альбом, в который вписал стихи: «Я верю: под одной звездою…»

Договор

Пускай толпа клеймит презреньем
Наш неразгаданный союз,
Пускай людским предубежденьем
Ты лишена семейных уз.

Но перед идолами света
Не гну колени я мои;
Как ты, не знаю в нем предмета
Ни сильной злобы, ни любви.

Как ты, кружусь в веселье шумном,
Не отличая никого:
Делюся с умным и безумным,
Живу для сердца своего.

Земного счастья мы не ценим,
Людей привыкли мы ценить;
Себе мы оба не изменим,
А нам не могут изменить.

В толпе друг друга мы узнали,
Сошлись и разойдемся вновь.
Была без радостей любовь,
Разлука будет без печали.

Прощай, немытая Россия,
Страна рабов, страна господ,
И вы, мундиры голубые,
И ты, им преданный народ.

Быть может, за стеной Кавказа
Укроюсь от твоих пашей,
От их всевидящего глаза,
От их всеслышащих ушей.

Утёс

Ночевала тучка золотая
На груди утеса-великана;
Утром в путь она умчалась рано,
По лазури весело играя;

Но остался влажный след в морщине
Старого утеса. Одиноко
Он стоит, задумался глубоко,
И тихонько плачет он в пустыне.

Спор

Как-то раз перед толпою
Соплеменных гор
У Казбека с Шат-горою*
Был великий спор.
«Берегись! — сказал Казбеку
Седовласый Шат, —
Покорился человеку
Ты недаром, брат!
Он настроит дымных келий
По уступам гор;
В глубине твоих ущелий
Загремит топор;
И железная лопата
В каменную грудь,
Добывая медь и злато,
Врежет страшный путь.
Уж проходят караваны
Через те скалы,
Где носились лишь туманы
Да цари-орлы.
Люди хитры! Хоть и труден
Первый был скачок,
Берегися! многолюден
И могуч Восток!»

— Не боюся я Востока! —
Отвечал Казбек, —
Род людской там спит глубоко
Уж девятый век.
Посмотри: в тени чинары
Пену сладких вин
На узорные шальвары

Сонный льет грузин;
И склонясь в дыму кальяна
На цветной диван,
У жемчужного фонтана
Дремлет Тегеран.
Вот — у ног Ерусалима,
Богом сожжена,
Безглагольна, недвижима
Мертвая страна;
Дальше, вечно чуждый тени,
Моет желтый Нил
Раскаленные ступени
Царственных могил.
Бедуин забыл наезды
Для цветных шатров
И поет, считая звезды,
Про дела отцов.
Всё, что здесь доступно оку,
Спит, покой ценя...
Нет! не дряхлому Востоку
Покорить меня! —

«Не хвались еще заране! —
Молвил старый Шат, —
Вот на севере в тумане
Что-то видно, брат!»

Тайно был Казбек огромный
Вестью той смущен;

И, смутясь, на север темный
Взоры кинул он;
И туда в недоуменье
Смотрит, полный дум:

Видит странное движенье,
Слышит звон и шум.
От Урала до Дуная,
До большой реки,
Колыхаясь и сверкая,
Движутся полки;
Веют белые султаны
Как степной ковыль;
Мчатся пестрые уланы,
Подымая пыль;
Боевые батальоны
Тесно в ряд идут,
Впереди несут знамены,
В барабаны бьют;
Батареи медным строем
Скачут и гремят,
И, дымясь, как перед боем,
Фитили горят.
И испытанный трудами
Бури боевой,
Их ведет, грозя очами,
Генерал седой.
Идут все полки могучи,
Шумны как поток,
Страшно-медленны как тучи,
Прямо на восток.

И томим зловещей думой,
Полный черных снов,
Стал считать Казбек угрюмый —
И не счел врагов.

Грустным взором он окинул
Племя гор своих,

Шапку на́ брови надвинул —
И навек затих.

Сон[19]

В полдневный жар в долине Дагестана
С свинцом в груди лежал недвижим я;
Глубокая еще дымилась рана,
По капле кровь точилася моя.

Лежал один я на песке долины;
Уступы скал теснилися кругом,
И солнце жгло их желтые вершины
И жгло меня - но спал я мертвым сном.

И снился мне сияющий огнями
Вечерний пир в родимой стороне.
Меж юных жен, увенчанных цветами,
Шел разговор веселый обо мне.

Но в разговор веселый не вступая,
Сидела там задумчиво одна,
И в грустный сон душа ее младая
Бог знает чем была погружена;

И снилась ей долина Дагестана;
Знакомый труп лежал в долине той;
В его груди, дымясь, чернела рана,
И кровь лилась хладеющей струей.

---

[19] – Варваре Лопухиной.

Они любили друг друга так долго и нежно[20]

Sie liebten sich beide, doch keiner wollt'es dem andern gestehn.
Heinrich Heine

Они любили друг друга так долго и нежно,
С тоской глубокой и страстью безумно-мятежной!
Но, как враги, избегали признанья и встречи,
И были пусты и хладны их краткие речи.

Они расстались в безмолвном и гордом страданье
И милый образ во сне лишь порою видали.
И смерть пришла: наступило за гробом свиданье...
Но в мире новом друг друга они не узнали.

---

[20] – Варваре Лопухиной.

Тамара

В глубокой теснине Дарьяла,
Где роется Терек во мгле,
Старинная башня стояла,
Чернея на черной скале.

В той башне высокой и тесной
Царица Тамара жила:
Прекрасна, как ангел небесный,
Как демон, коварна и зла.

И там сквозь туман полуночи
Блистал огонек золотой,
Кидался он путнику в очи,
Манил он на отдых ночной.

И слышался голос Тамары:
Он весь был желанье и страсть,
В нем были всесильные чары,
Была непонятная власть.

На голос невидимой пери
Шел воин, купец и пастух:
Пред ним отворялися двери,
Встречал его мрачный евнух.

На мягкой пуховой постели,
В парчу и жемчуг убрана,
Ждала она гостя... Шипели
Пред нею два кубка вина.
Сплетались горячие руки,
Уста прилипали к устам,
И странные, дикие звуки

Всю ночь раздавалися там.

Как будто в ту башню пустую
Сто юношей пылких и жен
Сошлися на свадьбу ночную,
На тризну больших похорон.

Но только что утра сиянье
Кидало свой луч по горам,
Мгновенно и мрак и молчанье
Опять воцарялися там.

Лишь Терек в теснине Дарьяла,
Гремя, нарушал тишину;
Волна на волну набегала,
Волна погоняла волну;

И с плачем безгласное тело
Спешили они унести;
В окне тогда что-то белело,
Звучало оттуда: прости.

И было так нежно прощанье,
Так сладко тот голос звучал,
Как будто восторги свиданья
И ласки любви обещал.

Свидание

Уж за горой дремучею
Погас вечерний луч,
Едва струей гремучею
Сверкает жаркий ключ;
Сады благоуханием
Наполнились живым,
Тифлис объят молчанием,
В ущелье мгла и дым.
Летают сны-мучители
Над грешными людьми,
И ангелы-хранители
Беседуют с детьми.

Там за твердыней старою
На сумрачной горе
Под свежею чинарою
Лежу я на ковре.
Лежу один и думаю:
 «Ужели не во сне
Свиданье в ночь угрюмую
Назначила ты мне?
И в этот час таинственный,
Но сладкий для любви,
Тебя, мой друг единственный,
Зовут мечты мои».

Внизу огни дозорные
Лишь на мосту горят,
И колокольни черные,
Как сторожи, стоят;
И поступью несмелою
Из бань со всех сторон

Выходят цепью белою
Четы грузинских жен;
Вот улицей пустынною
Бредут, едва скользя...
Но под чадрою длинною
Тебя узнать нельзя!..

Твой домик с крышей гладкою
Мне виден вдалеке;
Крыльцо с ступенью шаткою
Купается в реке;
Среди прохлады, веющей
Над синею Курой,
Он сетью зеленеющей
Опутан плющевой;
За тополью высокою
Я вижу там окно...
Но свечкой одинокою
Не светится оно!

Я жду. В недоумении
Напрасно бродит взор:
Кинжалом в нетерпении
Изрезал я ковер;
Я жду с тоской бесплодною,
Мне грустно, тяжело...
Вот сыростью холодною
С востока понесло,
Краснеют за туманами
Седых вершин зубцы,
Выходят с караванами
Из города купцы.

Прочь, прочь, слеза позорная,
Кипи, душа моя!
Твоя измена черная
Понятна мне, змея!
Я знаю, чем утешенный
По звонкой мостовой
Вчера скакал как бешеный
Татарин молодой.
Недаром он красуется
Перед твоим окном
И твой отец любуется
Персидским жеребцом.

Возьму винтовку длинную,
Пойду я из ворот:
Там под скалой пустынною
Есть узкий поворот.
До полдня за могильною
Часовней подожду
И на дорогу пыльную
Винтовку наведу.
Напрасно грудь колышется!
Я лег между камней;
Чу! близкий топот слышится...
А! это ты, злодей!

Листок

Дубовый листок оторвался от ветки родимой
И в степь укатился, жестокою бурей гонимый;
Засох и увял он от холода, зноя и горя
И вот, наконец, докатился до Черного моря.

У Черного моря чинара стоит молодая;
С ней шепчется ветер, зеленые ветви лаская;
На ветвях зеленых качаются райские птицы;
Поют они песни про славу морской царь-девицы.

И странник прижался у корня чинары высокой;
Приюта на время он молит с тоскою глубокой,
И так говорит он: "Я бедный листочек дубовый,
До срока созрел я и вырос в отчизне суровой.

Один и без цели по свету ношуся давно я,
Засох я без тени, увял я без сна и покоя.
Прими же пришельца меж листьев своих изумрудных,
Немало я знаю рассказов мудреных и чудных".

"На что мне тебя? - отвечает младая чинара,-
Ты пылен и желт - и сынам моим свежим не пара.
Ты много видал - да к чему мне твои небылицы?
Мой слух утомили давно уж и райские птицы.

Иди себе дальше; о странник! тебя я не знаю!
Я солнцем любима, цвету для него и блистаю;
По небу я ветви раскинула здесь на просторе,
И корни мои умывает холодное море".

Нет, не тебя так пылко я люблю,
Не для меня красы твоей блистанье:
Люблю в тебе я прошлое страданье
И молодость погибшую мою.

Когда порой я на тебя смотрю,
В твои глаза вникая долгим взором:
Таинственным я занят разговором,
Но не с тобой я сердцем говорю.

Я говорю с подругой юных дней,
В твоих чертах ищу черты другие,
В устах живых уста давно немые,
В глазах огонь угаснувших очей.[21]

---

[21] Написано летом 1841 года. Лермонтов обращается к молодой девушке, своей далёкой родственнице Екатерине Быховец, которая отдыхала в то время в Пятигорске. Она вспоминала: «Он был страстно влюблён в Варвару Александровну…Я думаю, он и на меня обратил внимание оттого, что находил во мне сходство, и об ней его любимый разговор был».

Выхожу один я на дорогу;
Сквозь туман кремнистый путь блестит;
Ночь тиха. Пустыня внемлет богу,
И звезда с звездою говорит.

В небесах торжественно и чудно!
Спит земля в сияньи голубом...
Что же мне так больно и так трудно?
Жду ль чего? жалею ли о чём?

Уж не жду от жизни ничего я,
И не жаль мне прошлого ничуть;
Я ищу свободы и покоя!
Я б хотел забыться и заснуть!

Но не тем холодным сном могилы...
Я б желал навеки так заснуть,
Чтоб в груди дремали жизни силы,
Чтоб дыша вздымалась тихо грудь;

Чтоб всю ночь, весь день мой слух лелея,
Про любовь мне сладкий голос пел,
Надо мной чтоб вечно зеленея
Тёмный дуб склонялся и шумел.

Пророк

С тех пор как вечный судия
Мне дал всеведенье пророка,
В очах людей читаю я
Страницы злобы и порока.

Провозглашать я стал любви
И правды чистые ученья:
В меня все ближние мои
Бросали бешено каменья.

Посыпал пеплом я главу,
Из городов бежал я нищий,
И вот в пустыне я живу,
Как птицы, даром божьей пищи;

Завет предвечного храня,
Мне тварь покорна там земная;
И звезды слушают меня,
Лучами радостно играя.

Когда же через шумный град
Я пробираюсь торопливо,
То старцы детям говорят
С улыбкою самолюбивой:

"Смотрите: вот пример для вас!
Он горд был, не ужился с нами:
Глупец, хотел уверить нас,
Что бог гласит его устами!

Смотрите ж, дети, на него:
Как он угрюм, и худ, и бледен!

Смотрите, как он наг и беден,
Как презирают все его!"

Осень

Листья в поле пожелтели,
И кружатся и летят;
Лишь в бору поникши ели
Зелень мрачную хранят.
Под нависшею скалою,
Уж не любит, меж цветов,
Пахарь отдыхать порою
От полуденных трудов.
Зверь, отважный, поневоле
Скрыться где-нибудь спешит.
Ночью месяц тускл, и поле
Сквозь туман лишь серебрит.

Поэт

Отделкой золотой блистает мой кинжал;
Клинок надежный, без порока;
Булат его хранит таинственный закал -
Наследье бранного востока.

Наезднику в горах служил он много лет,
Не зная платы за услугу;
Не по одной груди провел он страшный след
И не одну порвал кольчугу.

Забавы он делил послушнее раба,
Звенел в ответ речам обидным.
В те дни была б ему богатая резьба
Нарядом чуждым и обидным.

Он взят за Тереком отважным казаком
На хладном трупе господина,
И долго он лежал заброшенный потом
В походной лавке армянина.

Теперь родных ножон, избитых на войне,
Лишен героя спутник бедный,
Игрушкой золотой он блещет на стене -
Увы, бесславный и безвредный!

Никто привычною, заботливой рукой
Его не чистит, не ласкает,
И надписи его, молясь с зарей,
Никто с усердьем не читает...

В наш век изнеженный не так ли ты, поэт,
Свое утратил назначенье,

На злато променяв ту власть, которой свет
Внимал в немом благоговенье?

Бывало, мерный звук твоих могучих слов
Воспламенял бойца для битвы,
Он нужен был толпе, как чаша для пиров,
Как фимиам в часы молитвы.

Твой стих, как божий дух, носился над толпой
И, отзыв мыслей благородных,
Звучал, как колокол на башне вечевой
Во дни торжеств и бед народных.

Но скучен нам простой и гордый твой язык,
Нас тешат блестки и обманы;
Как ветхая краса, наш ветхий мир привык
Морщины прятать под румяны...

Проснешься ль ты опять, осмеянный пророк!
Иль никогда, на голос мщенья,
Из золотых ножон не вырвешь свой клинок,
Покрытый ржавчиной презренья?..

К друзьям

Я рожден с душою пылкой,
Я люблю с друзьями быть,
А подчас и за бутылкой
Быстро время проводить.

Я не склонен к славе громкой,
Сердце греет лишь любовь;
Лиры звук дрожащий, звонкой
Мне волнует также кровь.

Но нередко средь веселья
Дух мой страждет и грустит,
В шуме буйного похмелья
Дума на сердце лежит.

Русская мелодия

В уме своем я создал мир иной
И образов иных существованье;
Я цепью их связал между собой,
Я дал им вид, но не дал им названья.
Вдруг зимних бурь раздался грозный вой —
И рушилось неверное созданье!..

Так перед праздною толпой
И с балалайкою народной
Сидит в тени певец простой,
И бескорыстный, и свободный!..

Он громкий звук внезапно раздает
В честь девы, милой сердцу и прекрасной, —
И звук внезапно струны оборвет,
И слышится начало песни — но напрасно! —
Никто конца ее не допоет!..

К ...

Не привлекай меня красой!
Мой дух погас и состарелся.
Ах! много лет как взгляд другой
В уме моем напечатлелся!..
Я для него забыл весь мир,
Для сей минуты незабвенной;
Но я теперь, как нищий, сир,
Брожу один, как отчужденный!
Так путник в темноте ночной,
Когда узрит огонь блудящий,
Бежит за ним… схватил рукой…
И — пропасть под ногой скользящей!..

Жалобы турка[22]

Письмо. К другу, иностранцу

Ты знал ли дикий край под знойными лучами,
Где рощи и луга поблекшие цветут?
Где хитрость и беспечность злобе дань несут?
Где сердце жителей волнуемо страстями?
И где являются порой
Умы, и хладные и твердые, как камень?
Но мощь их давится безвременной тоской,
И рано гаснет в них добра спокойный пламень.
Там рано жизнь тяжка бывает для людей,
Там за утехами несется укоризна,
Там стонет человек от рабства и цепей!..
Друг! этот край… моя отчизна!
P. S.
Ах, если ты меня поймешь,
Прости свободные намеки.
Пусть истину скрывает ложь:
Что ж делать? — Все мы человеки!..

---

[22] В стихотворении иносказательно говорится о политической жизни России после разгрома декабристского движения.

Мой демон[23]

Собранье зол его стихия.
Носясь меж дымных облаков,
Он любит бури роковые,
И пену рек, и шум дубров.
Меж листьев желтых, облетевших,
Стоит его недвижный трон;
На нем, средь ветров онемевших,
Сидит уныл и мрачен он.
Он недоверчивость вселяет,
Он презрел чистую любовь,
Он все моленья отвергает,
Он равнодушно видит кровь,
И звук высоких ощущений
Он давит голосом страстей,
И муза кротких вдохновений
Страшится неземных очей.

---

[23] Мой демон– первый вариант «Демона», всего их было восемь.

К ***

Мы снова встретились с тобой,
Но как мы оба изменились!..
Года унылой чередой
От нас невидимо сокрылись.
Ищу в глазах твоих огня,
Ищу в душе своей волненья.
Ах, как тебя, так и меня
Убило жизни тяготенье!..

Монолог

Поверь, ничтожество есть благо в здешнем свете.
К чему глубокие познанья, жажда славы,
Талант и пылкая любовь свободы,
Когда мы их употребить не можем?
Мы, дети севера, как здешные растенья,
Цветем недолго, быстро увядаем...
Как солнце зимнее на сером небосклоне,
Так пасмурна жизнь наша. Так недолго
Ее однообразное теченье...
И душно кажется на родине,
И сердцу тяжко, и душа тоскует...
Не зная ни любви, ни дружбы сладкой,
Средь бурь пустых томится юность наша,
И быстро злобы яд ее мрачит,
И нам горька остылой жизни чаша;
И уж ничто души не веселит.

Молитва

Не обвиняй меня, всесильный,
И не карай меня, молю,
За то, что мрак земли могильный
С ее страстями я люблю;
За то, что редко в душу входит
Живых речей твоих струя;
За то, что в заблужденье бродит
Мой ум далёко от тебя;
За то, что лава вдохновенья
Клокочет на груди моей;
За то, что дикие волненья
Мрачат стекло моих очей;
За то, что мир земной мне тесен,
К тебе ж проникнуть я боюсь,
И часто звуком грешных песен
Я, боже, не тебе молюсь.

Но угаси сей чудный пламень,
Всесожигающий костер,
Преобрати мне сердце в камень,
Останови голодный взор.
От страшной жажды песнопенья
Пускай, творец, освобожусь,
Тогда на тесный путь спасенья
К тебе я снова обращусь.

Один среди людского шума,
Возрос под сенью чуждой я.
И гордо творческая дума
На сердце зрела у меня.
И вот прошли мои мученья,
Нашлися пылкие друзья,
Но я, лишенный вдохновенья,
Скучал судьбою бытия.
И снова муки посетили
Мою воскреснувшую грудь.
Измены душу заразили
И не давали отдохнуть.
Я вспомнил прежние несчастья,
Но не найду в душе моей
Ни честолюбья, ни участья,
Ни слез, ни пламенных страстей.

Раскаянье

К чему мятежное роптанье,
Укор владеющей судьбе?
Она была добра к тебе,
Ты создал сам свое страданье.
Бессмысленный, ты обладал
Душою чистой, откровенной,
Всеобщим злом не зараженной.
И этот клад ты потерял.

Огонь любви первоначальной
Ты в ней решился зародить
И далее не мог любить,
Достигнув цели сей печальной.
Ты презрел всё; между людей
Стоишь, как дуб в стране пустынной,
И тихий плач любви невинной
Не мог потрясть души твоей.

Не дважды бог дает нам радость,
Взаимной страстью веселя;
Без утешения, томя,
Пройдет и жизнь твоя, как младость.
Ее лобзанье встретишь ты
В устах обманщицы прекрасной;
И будут пред тобой всечасно
Предмета первого черты.

О, вымоли ее прощенье,
Пади, пади к ее ногам,
Не то ты приготовишь сам
Свой ад, отвергнув примиренье.
Хоть будешь ты еще любить,

Но прежним чувствам нет возврату,
Ты вечно первую утрату
Не будешь в силах заменить.

К Су‹шковой›[24]

Вблизи тебя до этих пор
Я не слыхал в груди огня.
Встречал ли твой прелестный взор —
Не билось сердце у меня.

И что ж? — разлуки первый звук
Меня заставил трепетать;
Нет, нет, он не предвестник мук;
Я не люблю — зачем скрывать!

Однако же хоть день, хоть час
Ещё желал бы здесь пробыть,
Чтоб блеском этих чудных глаз
Души тревоги усмирить.

---

[24] Екатерина Александровна Сушкова – первый адресат юношеских стихов Лермонтова. Она была на два с половиной года старше пятнадцатилетнего Мишеля, уже выходила в свет, а он считался ещё ребёнком. Ей льстила его любовь, но относилась она к нему иронично и насмешливо. Под влиянием поэзии Байрона он посвятил ей цикл стихотворений. Сушкова провела в Москве всего несколько месяцев, спустя четыре года они встретились в Петербурге. Но теперь всё было иначе: он заставил её влюбиться в себя и разыграл с ней злую шутку. Лермонтов описал это реальное событие своей жизни в повести «Княгиня Лиговская», где она – Елизавета Негурова, а он – Печорин. Поэт не раз использовал одни и те же имена.
Некоторые стихи к Сушковой позже он частично изменил и переадресовал.

Нищий

У врат обители святой
Стоял просящий подаянья
Бедняк иссохший, чуть живой
От глада, жажды и страданья.

Куска лишь хлеба он просил,
И взор являл живую муку,
И кто-то камень положил
В его протянутую руку.

Так я молил твоей любви
С слезами горькими, с тоскою;
Так чувства лучшие мои
Обмануты навек тобою!

Когда к тебе молвы рассказ
Мое названье принесет
И моего рожденья час
Перед полмиром проклянет,
Когда мне пищей станет кровь,
И буду жить среди людей,
Ничью не радуя любовь
И злобы не боясь ничьей;
Тогда раскаянья кинжал
Пронзит тебя; и вспомнишь ты,
Что при прощанье я сказал.
Увы! то были не мечты!
И если только наконец,
Моя лишь грудь поражена,
То, верно, прежде знал творец,
Что ты страдать не рождена.

Передо мной лежит листок,
Совсем ничтожный для других,
Но в нем сковал случайно рок
Толпу надежд и дум моих.
Исписан он твоей рукой,
И я его вчера украл,
И для добычи дорогой
Готов страдать - как уж страдал!

Свершилось! полно ожидать
Последней встречи и прощанья!
Разлуки час и час страданья
Придут - зачем их отклонять!
Ах, я не знал, когда глядел
На чудные глаза прекрасной,
Что час прощанья, час ужасный,
Ко мне внезапно подлетел.
Свершилось! голосом бесценным
Мне больше сердца не питать,
Запрусь в углу уединенном
И буду плакать... вспоминать!

Итак, прощай! Впервые этот звук
Тревожит так жестоко грудь мою.
Прощай! — шесть букв приносят столько мук!
Уносят всё, что я теперь люблю!
Я встречу взор ее прекрасных глаз,
И может быть, как знать... в последний раз!

Стансы

Люблю, когда, борясь с душою,
Краснеет девица моя:
Так перед вихрем и грозою
Красна вечерняя заря.

Люблю и вздох, что ночью лунной
В лесу из уст ее скользит:
Звук тихий арфы златострунной
Так с хладным ветром говорит.

Но слаще встретить средь моленья
Ее слезу очам моим:
Так, зря спасителя мученья,
Невинный плакал херувим.

Разлука

Я виноват перед тобою,
Цены услуг твоих не знал.
Слезами горькими, тоскою
Я о прощеньи умолял,
Готов был, ставши на колени,
Проступком называть мечты;
Мои мучительные пени
Бессмысленно отвергнул ты.
Зачем так рано, так ужасно
Я должен был узнать людей
И счастьем жертвовать напрасно
Холодной гордости твоей?..
Свершилось! Вечную разлуку
Трепеща вижу пред собой...
Ледяную встречаю руку
Моей пылающей рукой.
Желаю, чтоб воспоминанье
В чужих людях, в чужой стране
Не принесло тебе страданье
При сожаленье обо мне...

Совет

Если, друг, тебе сгрустнется,
Ты не дуйся, не сердись:
Все с годами пронесется -
Улыбнись и разгрустись.
Дев измены молодые,
И неверный путь честей,
И мгновенья скуки злые
Стоят ли тоски твоей?

Не ищи страстей тяжелых;
И покуда бог дает,
Нектар пей часов веселых;
А печаль сама придет.
И, людей не презирая,
Не берись учить других;
Лучшим быть не вображая,
Скоро ты полюбишь их.

Сердце глупое творенье,
Но и с сердцем можно жить,
И безумное волненье
Можно также укротить...
Беден, кто, судьбы в ненастье
Все надежды испытав,
Наконец находит счастье,
Чувство счастья потеряв.

Одиночество

Как страшно жизни сей оковы
Нам в одиночестве влачить.
Делить веселье - все готовы:
Никто не хочет грусть делить.

Один я здесь, как царь воздушный,
Страданья в сердце стеснены,
И вижу, как судьбе послушно,
Года уходят, будто сны;

И вновь приходят, с позлащенной,
Но той же старою мечтой,
И вижу гроб уединенный,
Он ждет; что ж медлить над землей?

Никто о том не покрушится,
И будут (я уверен в том)
О смерти больше веселится,
Чем о рождении моем...

Sentenz

Когда бы мог весь свет узнать,
Что жизнь с надеждами, мечтами
Не что иное — как тетрадь
С давно известными стихами.

Гроб Оссиана

Под занавесою тумана,
Под небом бурь, среди степей,
Стоит могила Оссиана
В горах Шотландии моей.
Летит к ней дух мой усыпленный
Родимым ветром подышать
И от могилы сей забвенной
Вторично жизнь свою занять!…

1830. Майя. 16 числа

Боюсь не смерти я. О, нет!
Боюсь исчезнуть совершенно.
Хочу, чтоб труд мой вдохновенный
Когда-нибудь увидел свет;
Хочу - и снова затрудненье!
Зачем? что пользы будет мне?
Мое свершится разрушенье
В чужой, неведомой стране.
Я не хочу бродить меж вами
По разрушение! - Творец,
На то ли я звучал струнами,
На то ли создан был певец?
На то ли вдохновенье, страсти
Меня к могиле привели?
И нет в душе довольно власти -
Люблю мучения земли.
И этот образ, он за мною
В могилу силится бежать,
Туда, где обещал мне дать
Ты место к вечному покою.
Но чувствую: покоя нет:
И там, и там его не будет;
Тех длинных, тех жестоких лет
Страдалец вечно не забудет!...

К ***

Не думай, чтоб я был достоин сожаленья,
Хотя теперь слова мои печальны; — нет;
Нет! все мои жестокие мученья —
Одно предчувствие гораздо больших бед.

Я молод; но кипят на сердце звуки,
И Байрона достигнуть я б хотел;
У нас одна душа, одни и те же муки;
О если б одинаков был удел!...

Как он, ищу забвенья и свободы,
Как он, в ребячестве пылал уж я душой,
Любил закат в горах, пенящиеся воды,
И бурь земных и бурь небесных вой.

Как он, ищу спокойствия напрасно,
Гоним повсюду мыслию одной.
Гляжу назад — прошедшее ужасно;
Гляжу вперед — там нет души родной!

Предсказание

Настанет год, России черный год,
Когда царей корона упадет;
Забудет чернь к ним прежнюю любовь,
И пища многих будет смерть и кровь;
Когда детей, когда невинных жен
Низвергнутый не защитит закон;
Когда чума от смрадных, мертвых тел
Начнет бродить среди печальных сел,
Чтобы платком из хижин вызывать,
И станет глад сей бедный край терзать;
И зарево окрасит волны рек:
В тот день явится мощный человек,
И ты его узнаешь — и поймешь,
Зачем в руке его булатный нож:
И горе для тебя! — твой плач, твой стон
Ему тогда покажется смешон;
И будет всё ужасно, мрачно в нем,
Как плащ его с возвышенным челом.

Никто, никто, никто не усладил
В изгнанье сем тоски мятежной!
Любить?- три раза я любил,
Любил три раза безнадежно.

11 июля

Между лиловых облаков
Однажды вечера светило
За снежной цепию холмов,
Краснея ярко, заходило,
И возле девы молодой,
Последним блеском озаренной,
Стоял я бледный, чуть живой,
И с головы ее бесценной
Моих очей я не сводил.
Как долго это я мгновенье
В туманной памяти хранил.
Ужель всё было сновиденье:
И ложе девы, и окно,
И трепет милых уст, и взгляды,
В которых мне запрещено
Судьбой искать себе отрады?
Нет, только счастье ослепить
Умеет мысли и желанья,
И сном никак не может быть
Всё, в чем хоть искра есть страданья!

10 июля (1830)

Опять вы, гордые, восстали
За независимость страны,
И снова перед вами пали
Самодержавия сыны,
И снова знамя вольности кровавой
Явилося, победы мрачный знак,
Оно любимо было прежде славой,
Суворов был его сильнейший враг.

Н. Ф. И‹вано›вой[25]

Любил с начала жизни я
Угрюмое уединенье,
Где укрывался весь в себя,
Бояся, грусть не утая,
Будить людское сожаленье.

Счастливцы, мнил я, не поймут
Того, что сам не разберу я,
И чёрных дум не унесут
Ни радость дружеских минут,
Ни страстный пламень поцелуя.

Мои неясные мечты
Я выразить хотел стихами,
Чтобы, прочтя сии листы,
Меня бы примирила ты
С людьми и с буйными страстями.

Но взор спокойный, чистый твой
В меня вперился, изумленный, —
Ты покачала головой,
Сказав, что болен разум мой,
Желаньем вздорным ослепленный

---

[25] Наталья Фёдоровна Иванова, дочь московского поэта и драматурга Ф. Ф. Иванова. Её имя на долгие десятилетия было зашифровано под инициалами Н.Ф.И. После увлечения Екатериной Сушковой Лермонтов в короткий срок пережил мучительную и большую любовь. История их отношений отразилась в драме «Странный человек» и в обширном цикле стихотворений 1830 – 1832 годов, объединённых темой любви и измены. Ей же посвящены следующие ниже пять стихотворений из данного издания.

Я, веруя твоим словам,
Глубоко в сердце погрузился,
Однако же нашел я там,
Что ум мой не по пустякам
К чему-то тайному стремился,

К тому, чего даны в залог
С толпою звезд ночные своды,
К тому, что обещал нам Бог
И что б уразуметь я мог
Через мышления и годы.

Но пылкий, но суровый нрав
Меня грызет от колыбели...
И, в жизни зло лишь испытав,
Умру я, сердцем не познав
Печальных дум печальной цели.

Романс к И...

Когда я унесу в чужбину
Под небо южной стороны
Мою жестокую кручину,
Мои обманчивые сны,
И люди с злобой ядовитой
Осудят жизнь мою порой,
Ты будешь ли моей защитой
Перед бесчувственной толпой?

О, будь!.. о! вспомни нашу младость,
Злословья жертву пощади,
Кляниcя в том! чтоб вовсе радость
Не умерла в моей груди,
Чтоб я сказал в земле изгнанья:
Есть сердце, лучших дней залог,
Где почтены мои страданья,
Где мир их очернить не мог!

К ***

Не ты, но судьба виновата была,
Что скоро ты мне изменила,
Она тебе прелести женщин дала,
Но женское сердце вложила.

Как в море широком следы челнока,
Мгновенье его впечатленья,
Любовь для него, как веселье, легка,
А горе не стоит мгновенья.

Но в час свой урочный узнает оно
Цепей неизбежное бремя.
Прости, нам расстаться теперь суждено,
Расстаться до этого время.

Тогда я опять появлюсь пред тобой,
И речь моя ум твой встревожит,
И пусть я услышу ответ роковой,
Тогда ничего не поможет.

Нет, нет! милый голос и пламенный взор
Тогда своей власти лишатся;
Вослед за тобой побежит мой укор
И в душу он будет впиваться.

И мщенье, напомнив, что я перенес,
Уста мои к смеху принудит,
Хоть эта улыбка всех, всех твоих слез
Гораздо мучительней будет.

К ***

Всевышний произнес свой приговор,
Его ничто не переменит;
Меж нами руку мести он простер
И беспристрастно всё оценит.
Он знает, и ему лишь можно знать,
Как нежно, пламенно любил я,
Как безответно всё, что мог отдать,
Тебе на жертву приносил я.
Во зло употребила ты права,
Приобретенные над мною,
И, мне польстив любовию сперва,
Ты изменила — бог с тобою!
О нет! я б не решился проклянуть!
Всё для меня в тебе святое:
Волшебные глаза и эта грудь,
Где бьется сердце молодое.
Я помню, сорвал я обманом раз
Цветок, хранивший яд страданья, —
С невинных уст твоих в прощальный час
Непринужденное лобзанье;
Я знал: то не любовь — и перенес,
Но отгадать не мог я тоже,
Что всех моих надежд, и мук, и слез
Веселый миг тебе дороже!
Будь счастлива несчастием моим
И, услыхав, что я страдаю,
Ты не томись раскаяньем пустым.
Прости! — вот всё, что я желаю...
Чем заслужил я, чтоб твоих очей
Затмился свежий блеск слезами?
Ко смеху приучать себя нужней:
Ведь жизнь смеется же над нами!

К Н. И.

Я не достоин, может быть,
Твоей любви: не мне судить;
Но ты обманом наградила
Мои надежды и мечты,
И я всегда скажу, что ты
Несправедливо поступила.
Ты не коварна, как змея,
Лишь часто новым впечатленьям
Душа вверяется твоя.
Она увлечена мгновеньем;
Ей милы многие, вполне
Еще никто; но это мне
Служить не может утешеньем.
В те дни, когда, любим тобой,
Я мог доволен быть судьбой,
Прощальный поцелуй однажды
Я сорвал с нежных уст твоих;
Но в зной, среди степей сухих,
Не утоляет капля жажды.
Дай бог, чтоб ты нашла опять,
Что не боялась потерять;
Но... женщина забыть не может
Того, кто так любил, как я;
И в час блаженнейший тебя
Воспоминание встревожит!
Тебя раскаянье кольнет,
Когда с насмешкой проклянет
Ничтожный мир мое названье!
И побоишься защитить,
Чтобы в преступном состраданье
Вновь обвиняемой не быть!

В альбом Н. Ф. Ивановой

Что может краткое свиданье
Мне в утешенье принести,
Час неизбежный расставанья
Настал, и я сказал: прости.

И стих безумный, стих прощальный
В альбом твой бросил для тебя,
Как след единственный, печальный,
Который здесь оставлю я.

30 июля. — (Париж.) 1830 года

Ты мог быть лучшим королём,
Ты не хотел. — Ты полагал
Народ унизить под ярмом.
Но ты французов не узнал!
Есть суд земной и для царей.
Провозгласил он твой конец;
С дрожащей головы твоей
Ты в бегстве уронил венец.

И загорелся страшный бой,
И знамя вольности как дух
Идёт пред гордою толпой.
И звук один наполнил слух;
И брызнула в Париже кровь.
О! чем заплотишь ты, тиран,
За эту праведную кровь,
За кровь людей, за кровь граждан.

Когда последняя труба
Разрежет звуком синий свод;
Когда откроются гроба,
И прах свой прежний вид возьмёт;
Когда появятся весы,
И их подымет судия...
Не встанут у тебя власы?
Не задрожит рука твоя?...

Глупец! что будешь ты в тот день,
Коль ныне стыд уж над тобой?
Предмет насмешек ада, тень,
Призрак, обманутый судьбой!
Бессмертной раною убит,

Ты обернёшь молящий взгляд,
И строй кровавый закричит:
Он виноват! он виноват!

К ***[26]

О, полно извинять разврат!
Ужель злодеям щит порфира?
Пусть их глупцы боготворят,
Пусть им звучит другая лира,
Но ты остановись, певец,
Златой венец — не твой венец.
Изгнаньем из страны родной
Хвались повсюду как свободой.
Высокой мыслью и душой
Ты рано одарён природой;
Ты видел зло, и перед злом
Ты гордым не поник челом.
Ты пел о вольности, когда
Тиран гремел, грозили казни.
Боясь лишь вечного суда
И, чуждый на земле боязни,
Ты пел, и в этом есть краю
Один, кто понял песнь твою.

---

[26] «О, полно извинять разврат!..» - с этими словами шестнадцатилетний Лермонтов обратился к Пушкину в ответ на его послание «К вельможе», екатерининскому сановнику. Пушкин воспел князя Юсупова за то, что он много видел, многих знал, был свидетелем французской революции 1789 года и больших перемен в мире. Многие восприняли тогда пушкинское послание как измену традициям гражданской поэзии, клеймившей тиранов и вельмож.

Мой дом

Мой дом везде, где есть небесный свод,
Где только слышны звуки песен.
Всё, в чем есть искра жизни, в нём живет,
Но для поэта он не тесен.

До самых звезд он кровлей досягает,
И от одной стены к другой —
Далекий путь, который измеряет
Жилец не взором, но душой.

Есть чувство правды в сердце человека,
Святое вечности зерно:
Пространство без границ, теченье века
Объемлет в краткий миг оно.

И всемогущим мой прекрасный дом
Для чувства этого построен,
И осужден страдать я долго в нём,
И в нём лишь буду я спокоен.

1831-го января

Редеют бледные туманы
Над бездной смерти роковой,
И вновь стоят передо мной
Веков протекших великаны.
Они зовут, они манят,
Поют, и я пою за ними,
И, полный чувствами живыми,
Страшуся поглядеть назад, —

Чтоб бытия земного звуки
Не замешались в песнь мою,
Чтоб лучшей жизни на краю
Не вспомнил я людей и муки,
Чтоб я не вспомнил этот свет,
Где носит всё печать проклятья,
Где полны ядом все объятья,
Где счастья без обмана нет.

Послушай! вспомни обо мне,
Когда, законом осужденный,
В чужой я буду стороне —
Изгнанник мрачный и презренный.

И будешь ты когда-нибудь
Один, в бессонный час полночи,
Сидеть с свечой... и тайно грудь
Вздохнет — и вдруг заплачут очи;

И молвишь ты: когда-то он,
Здесь, в это самое мгновенье,
Сидел тоскою удручен
И ждал судьбы своей решенье!

Стансы

Мне любить до могилы творцом суждено!
Но по воле того же творца
Всё, что любит меня, то погибнуть должно
Иль, как я же, страдать до конца.
Моя воля надеждам противна моим,
Я люблю и страшусь быть взаимно любим.

На пустынной скале незабудка весной
Одна, без подруг расцвела,
И ударила буря и дождь проливной,
И, как прежде, недвижна скала,
Но красивый цветок уж на ней не блестит,
Он ветром надломлен и градом убит.

Так точно и я под ударом судьбы,
Как утёс, неподвижен стою,
Но не мысли никто перенесть сей борьбы,
Если руку пожмёт он мою;
Я не чувств, но поступков своих властелин,
Я несчастлив пусть буду — несчастлив один.

Поток

Источник страсти есть во мне
Великий и чудесный;
Песок серебряный на дне,
Поверхность лик небесный;
Но беспрестанно быстрый ток
Воротит и крутит песок,
И небо над водами
Одето облаками.

Родится с жизнью этот ключ
И с жизнью исчезает;
В ином он слаб, в другом могуч,
Но всех он увлекает;
И первый счастлив, но такой
Я праздный отдал бы покой
За несколько мгновений
Блаженства иль мучений.

Душа моя должна прожить в земной неволе
Недолго. Может быть, я не увижу боле
Твой взор, твой милый взор, столь нежный для других,
Звезду приветную соперников моих;
Желаю счастья им. Тебя винить безбожно
За то, что мне нельзя всё, всё, что им возможно.
Но если ты ко мне любовь хотела скрыть,
Казаться хладною и в тишине любить,
Но если ты при мне смеялась надо мною,
Тогда как внутренно полна была тоскою, —
То мрачный мой тебе пускай покажет взгляд,
Кто более страдал, кто боле виноват!

Пускай поэта обвиняет
Насмешливый, безумный свет,
Никто ему не помешает,
Он не услышит мой ответ,
Я сам собою жил доныне,
Свободно мчится песнь моя,
Как птица дикая в пустыне,
Как вдаль по озеру ладья.
И что за дело мне до света,
Когда сидишь ты предо мной,
Когда рука моя согрета
Твоей волшебною рукой;
Когда с тобой, о дева рая,
Я провожу небесный час,
Не беспокоясь, не страдая,
Не отворачивая глаз.

Слава

К чему ищу так славы я?
Известно, в славе нет блаженства,
Но хочет всё душа моя
Во всем дойти до совершенства.
Пронзая будущего мрак,
Она, бессильная, страдает
И в настоящем всё не так,
Как бы хотелось ей, встречает.
Я не страшился бы суда,
Когда б уверен был веками,
Что вдохновенного труда
Мир не обидит клеветами;
Что станут верить и внимать
Повествованью горькой муки
И не осмелятся равнять
С земным небес живые звуки.
Но не достигну я ни в чем
Того, что так меня тревожит:
Всё кратко на шару земном,
И вечно слава жить не может.

Пускай поэта грустный прах
Хвалою освятит потомство.
Где ж слава в кратких похвалах?
Людей известно вероломство.
Другой заставит позабыть
Своею песнию высокой
Певца, который кончил жить,
Который жил так одинокой.

Вечер

Когда садится алый день
За синий край земли,
Когда туман встает и тень
Скрывает всё вдали, —
Тогда я мыслю в тишине
Про вечность и любовь
И чей-то голос шепчет мне:
«Не будешь счастлив вновь».
И я гляжу на небеса
С покорною душой,
Они свершали чудеса,
Но не для нас с тобой,
Не для ничтожного глупца,
Которому твой взгляд
Дороже будет до конца
Небесных всех наград.

Хоть давно изменила мне радость,
Как любовь, как улыбка людей,
И померкнуло прежде, чем младость,
Светило надежды моей;
Но судьбу я и мир презираю,
Но нельзя им унизить меня,
И я хладно приход ожидаю
Кончины иль лучшего дня.
Словам моим верить не станут,
Но клянуся в нелживости их:
Кто сам был так часто обманут,
Обмануть не захочет других.
Пусть жизнь моя в бурях несется,
Я беспечен, я знаю давно,
Пока сердце в груди моей бьется,
Не увидит блаженства оно.
Одна лишь сырая могила
Успокоит того, может быть,
Чья душа слишком пылко любила,
Чтобы мог его мир полюбить.

Земля и небо

Как землю нам больше небес не любить?
Нам небесное счастье темно;
Хоть счастье земное и меньше в сто раз,
Но мы знаем, какое оно.

О надеждах и муках былых вспоминать
В нас тайная склонность кипит;
Нас тревожит неверность надежды земной,
А краткость печали смешит.

Страшна в настоящем бывает душе
Грядущего темная даль;
Мы блаженство желали б вкусить в небесах,
Но с миром расстаться нам жаль.

Что во власти у нас, то приятнее нам,
Хоть мы ищем другого порой,
Но в час расставанья мы видим ясней,
Как оно породнилось с душой.

К ***

Дай руку мне, склонись к груди поэта,
Свою судьбу соедини с моей:
Как ты, мой друг, я не рожден для света
И не умею жить среди людей;
Я не имел ни время, ни охоты
Делить их шум, их мелкие заботы,
Любовь мое всё сердце заняла,
И что ж, взгляни на бледный цвет чела.

На нем ты видишь след страстей уснувших,
Так рано обуявших жизнь мою;
Не льстит мне вспоминанье дней минувших,
Я одинок над пропастью стою,
Где всё мое подавлено судьбою;
Так куст растет над бездною морскою,
И лист, грозой оборванный, плывет
По произволу странствующих вод.

Из Андрея Шенье[27]

За дело общее, быть может, я паду,
Иль жизнь в изгнании бесплодно проведу;
Быть может, клеветой лукавой пораженный,
Пред миром и тобой врагами униженный,
Я не снесу стыдом сплетаемый венец
И сам себе сыщу безвременный конец;
Но ты не обвиняй страдальца молодого,
Молю, не говори насмешливого слова.
Ужасный жребий мой твоих достоин слез,
Я много сделал зла, но больше перенес.
Пускай виновен я пред гордыми врагами,
Пускай отмстят; в душе, клянуся небесами,
Я не злодей, о нет, судьба губитель мой;
Я грудью шел вперед, я жертвовал собой;
Наскучив суетой обманчивого света,
Торжественно не мог я не сдержать обета;
Хоть много причинил я обществу вреда,
Но верен был тебе всегда, мой друг, всегда;
В уединении, среди толпы мятежной,
Я всё тебя любил и всё любил так нежно.

---

[27] Такого стихотворения у Шенье обнаружить не удалось. Лермонтов, видимо, приписал его французскому поэту, чтобы зашифровать его откровенный политический смысл.

Посвящение[28]

Прими мой дар, мадонна!
С тех пор как мне явилась ты,
Моя любовь мне оборона
От порицаний клеветы.

Такой любви нельзя не верить,
А взор не скроет ничего:
Ты не способна лицемерить,
Ты слишком ангел для того!

Скажу ли? – предан самовластью
Страстей печальных и судьбе,
Я счастьем не обязан счастью,
Но всем обязан я – тебе.

Как демон, хладный и суровый.
Я в мире веселился злом,
Обманы были мне не новы,
И яд был на сердце моём;

Теперь, как мрачный этот Гений,
Я близ тебя опять воскрес
Для непорочных наслаждений,
И для надежд, и для небес.

---

[28] Из двух вариантов стихотворения «Мой демон» рождается третий вариант – поэма «Демон». В 1831 году Лермонтов пишет «Посвящение» Вареньке Лопухиной.

1831-го июня 11 дня

Моя душа, я помню, с детских лет
Чудесного искала. Я любил
Все обольщенья света, но не свет,
В котором я минутами лишь жил;
И те мгновенья были мук полны,
И населял таинственные сны
Я этими мгновеньями. Но сон,
Как мир, не мог быть ими омрачён.

Как часто силой мысли в краткий час
Я жил века и жизнию иной,
И о земле позабывал. Не раз,
Встревоженный печальною мечтой,
Я плакал; но все образы мои,
Предметы мнимой злобы иль любви,
Не походили на существ земных.
О нет! всё было ад иль небо в них.

Холодной буквой трудно объяснить
Боренье дум. Нет звуков у людей
Довольно сильных, чтоб изобразить
Желание блаженства. Пыл страстей
Возвышенных я чувствую, но слов
Не нахожу и в этот миг готов
Пожертвовать собой, чтоб как-нибудь
Хоть тень их перелить в другую грудь.

Известность, слава, что они? — а есть
У них над мною власть; и мне они
Велят себе на жертву всё принесть,
И я влачу мучительные дни
Без цели, оклеветан, одинок;

Но верю им! — неведомый пророк
Мне обещал бессмертье, и, живой,
Я смерти отдал всё, что дар земной.

Но для небесного могилы нет.
Когда я буду прах, мои мечты,
Хоть не поймет их, удивленный свет
Благословит; и ты, мой ангел, ты
Со мною не умрешь: моя любовь
Тебя отдаст бессмертной жизни вновь;
С моим названьем станут повторять
Твое: на что им мертвых разлучать?

К погибшим люди справедливы; сын
Боготворит, что проклинал отец.
Чтоб в этом убедиться, до седин
Дожить не нужно. Есть всему конец;
Немного долголетней человек
Цветка; в сравненье с вечностью их век
Равно ничтожен. Пережить одна
Душа лишь колыбель свою должна.

Так и ее созданья. Иногда,
На берегу реки, один, забыт,
Я наблюдал, как быстрая вода
Синея, гнется в волны, как шипит
Над ними пена белой полосой;
И я глядел, и мыслию иной
Я не был занят, и пустынный шум
Рассеивал толпу глубоких дум.

Тут был я счастлив... О, когда б я мог
Забыть, что незабвенно! женский взор!
Причину стольких слез, безумств, тревог!

Другой владеет ею с давных пор,
И я другую с нежностью люблю,
Хочу любить, — и небеса молю
О новых муках; но в груди моей
Всё жив печальный призрак прежних дней.

Никто не дорожит мной на земле,
И сам себе я в тягость, как другим;
Тоска блуждает на моем челе.
Я холоден и горд; и даже злым
Толпе кажуся; но ужель она
Проникнуть дерзко в сердце мне должна?
Зачем ей знать, что в нем заключено?
Огонь иль сумрак там — ей всё равно.

Темна проходит туча в небесах,
И в ней таится пламень роковой;
Он, вырываясь, обращает в прах
Всё, что ни встретит. С дивной быстротой
Блеснет, и снова в облаке укрыт;
И кто его источник объяснит,
И кто заглянет в недра облаков?
Зачем? они исчезнут без следов.

Грядущее тревожит грудь мою.
Как жизнь я кончу, где душа моя
Блуждать осуждена, в каком краю
Любезные предметы встречу я?
Но кто меня любил, кто голос мой
Услышит и узнает? И с тоской
Я вижу, что любить, как я, — порок,
И вижу, я слабей любить не мог.

Не верят в мире многие любви

И тем счастливы; для иных она
Желанье, порожденное в крови,
Расстройство мозга иль виденье сна.
Я не могу любовь определить,
Но это страсть сильнейшая! — любить
Необходимость мне; и я любил
Всем напряжением душевных сил.

И отучить не мог меня обман;
Пустое сердце ныло без страстей,
И в глубине моих сердечных ран
Жила любовь, богиня юных дней;
Так в трещине развалин иногда
Береза вырастает молода
И зелена, и взоры веселит,
И украшает сумрачный гранит.

И о судьбе ее чужой пришлец
Жалеет. Беззащитно предана
Порыву бурь и зною, наконец
Увянет преждевременно она;
Но с корнем не исторгнет никогда
Мою березу вихрь: она тверда;
Так лишь в разбитом сердце может страсть
Иметь неограниченную власть.

Под ношей бытия не устает
И не хладеет гордая душа;
Судьба ее так скоро не убьет,
А лишь взбунтует; мщением дыша
Против непобедимой, много зла
Она свершить готова, хоть могла
Составить счастье тысячи людей:
С такой душой ты бог или злодей...

Как нравились всегда пустыни мне.
Люблю я ветер меж нагих холмов,
И коршуна в небесной вышине,
И на равнине тени облаков.
Ярма не знает резвый здесь табун,
И кровожадный тешится летун
Под синевой, и облако степей
Свободней как-то мчится и светлей.

И мысль о вечности, как великан,
Ум человека поражает вдруг,
Когда степей безбрежный океан
Синеет пред глазами; каждый звук
Гармонии вселенной, каждый час
Страданья или радости для нас
Становится понятен, и себе
Отчет мы можем дать в своей судьбе.

Кто посещал вершины диких гор
В тот свежий час, когда садится день,
На западе светило видит взор
И на востоке близкой ночи тень,
Внизу туман, уступы и кусты,
Кругом всё горы чудной высоты,
Как после бури облака, стоят,
И странные верхи в лучах горят.

И сердце полно, полно прежних лет,
И сильно бьется; пылкая мечта
Приводит в жизнь минувшего скелет,
И в нем почти всё та же красота.
Так любим мы глядеть на свой портрет,
Хоть с нами в нем уж сходства больше нет,
Хоть на холсте хранится блеск очей,

Погаснувших от время и страстей.

Что на земле прекрасней пирамид
Природы, этих гордых снежных гор?
Не переменит их надменный вид
Ничто: ни слава царств, ни их позор;
О ребра их дробятся темных туч
Толпы, и молний обвивает луч
Вершины скал; ничто не вредно им.
Кто близ небес, тот не сражен земным.

Печален степи вид, где без препон,
Волнуя лишь серебряный ковыль,
Скитается летучий аквилон
И пред собой свободно гонит пыль;
И где кругом, как зорко ни смотри,
Встречает взгляд березы две иль три,
Которые под синеватой мглой
Чернеют вечером в дали пустой.

Так жизнь скучна, когда боренья нет.
В минувшее проникнув, различить
В ней мало дел мы можем, в цвете лет
Она души не будет веселить.
Мне нужно действовать, я каждый день
Бессмертным сделать бы желал, как тень
Великого героя, и понять
Я не могу, что значит отдыхать.

Всегда кипит и зреет что-нибудь
В моем уме. Желанье и тоска
Тревожат беспрестанно эту грудь.
Но что ж? Мне жизнь всё как-то коротка
И всё боюсь, что не успею я

Свершить чего-то! — Жажда бытия
Во мне сильней страданий роковых,
Хотя я презираю жизнь других.

Есть время — леденеет быстрый ум;
Есть сумерки души, когда предмет
Желаний мрачен: усыпленье дум;
Меж радостью и горем полусвет;
Душа сама собою стеснена,
Жизнь ненавистна, но и смерть страшна,
Находишь корень мук в себе самом,
И небо обвинить нельзя ни в чем.

Я к состоянью этому привык,
Но ясно выразить его б не мог
Ни ангельский, ни демонский язык:
Они таких не ведают тревог,
В одном всё чисто, а в другом всё зло.
Лишь в человеке встретиться могло
Священное с порочным. Все его
Мученья происходят оттого.

Никто не получал, чего хотел
И что любил, и если даже тот,
Кому счастливый небом дан удел,
В уме своем минувшее пройдет,
Увидит он, что мог счастливей быть,
Когда бы не умела отравить
Судьба его надежды. Но волна
Ко брегу возвратиться не сильна.

Когда, гонима бурей роковой,
Шипит и мчится с пеною своей,
Она всё помнит тот залив родной,

Где пенилась в приютах камышей,
И, может быть, она опять придет
В другой залив, но там уж не найдет
Себе покоя: кто в морях блуждал,
Тот не заснет в тени прибрежных скал.

Я предузнал мой жребий, мой конец,
И грусти ранняя на мне печать;
И как я мучусь, знает лишь творец;
Но равнодушный мир не должен знать.
И не забыт умру я. Смерть моя
Ужасна будет; чуждые края
Ей удивятся, а в родной стране
Все проклянут и память обо мне.

Все. Нет, не все: созданье есть одно,
Способное любить — хоть не меня;
До этих пор не верит мне оно,
Однако сердце, полное огня,
Не увлечется мненьем, и мое
Пророчество припомнит ум ее,
И взор, теперь веселый и живой,
Напрасной отуманится слезой.

Кровавая меня могила ждет,
Могила без молитв и без креста,
На диком берегу ревущих вод
И под туманным небом; пустота
Кругом. Лишь чужестранец молодой,
Невольным сожаленьем, и молвой,
И любопытством приведен сюда,
Сидеть на камне станет иногда

И скажет: отчего не понял свет
Великого, и как он не нашел
Себе друзей, и как любви привет
К нему надежду снова не привел?
Он был ее достоин. И печаль
Его встревожит, он посмотрит вдаль,
Увидит облака с лазурью волн,
И белый парус, и бегучий челн,

И мой курган! — любимые мечты
Мои подобны этим. Сладость есть
Во всем, что не сбылось, — есть красоты
В таких картинах; только перенесть
Их на бумагу трудно: мысль сильна,
Когда размером слов не стеснена,
Когда свободна, как игра детей,
Как арфы звук в молчании ночей!

Желание

Зачем я не птица, не ворон степной,
Пролетевший сейчас надо мной?
Зачем не могу в небесах я парить
И одну лишь свободу любить?

На запад, на запад помчался бы я,
Где цветут моих предков поля,
Где в замке пустом, на туманных горах,
Их забвенный покоится прах.

На древней стене их наследственный щит
И заржавленный меч их висит.
Я стал бы летать над мечом и щитом,
И смахнул бы я пыль с них крылом;

И арфы шотландской струну бы задел,
И по сводам бы звук полетел;
Внимаем одним, и одним пробужден,
Как раздался, так смолкнул бы он.

Но тщетны мечты, бесполезны мольбы
Против строгих законов судьбы.
Меж мной и холмами отчизны моей
Расстилаются волны морей.

Последний потомок отважных бойцов
Увядает среди чуждых снегов;
Я здесь был рожден, но нездешний душой...
О! зачем я не ворон степной?..

Исповедь

Я верю, обещаю верить,
Хоть сам того не испытал,
Что мог монах не лицемерить
И жить, как клятвой обещал;
Что поцелуи и улыбки
Людей коварны не всегда,
Что ближних малые ошибки
Они прощают иногда,
Что время лечит от страданья,
Что мир для счастья сотворен,
Что добродетель не названье
И жизнь поболее, чем сон!..

Но вере теплой опыт хладный
Противуречит каждый миг,
И ум, как прежде безотрадный,
Желанной цели не достиг;
И сердце, полно сожалений,
Хранит в себе глубокий след
Умерших - но святых видений,
И тени чувств, каких уж нет;
Его ничто не испугает,
И то, что было б яд другим,
Его живит, его питает
Огнем язвительным своим.

Чаша Жизни

Мы пьем из чаши бытия
С закрытыми очами,
Златые омочив края
Своими же слезами;

Когда же перед смертью с глаз
Завязка упадает,
И всё, что обольщало нас,
С завязкой исчезает;

Тогда мы видим, что пуста
Была златая чаша,
Что в ней напиток был — мечта,
И что она — не наша!

К Л.[29]

Подражание Байрону

У ног других не забывал
Я взор твоих очей;
Любя других, я лишь страдал
Любовью прежних дней, —

Так память, демон-властелин,
Всё будит старину,
И я твержу один, один:
Люблю, люблю одну!

Принадлежишь другому ты,
Забыт певец тобой,
С тех пор влекут меня мечты
Прочь от земли родной.
Корабль умчит меня от ней
В безвестную страну,
И повторит волна морей:
Люблю, люблю одну!

И не узнает шумный свет,
Кто нежно так любим,
Как я страдал и сколько лет
Я памятью томим.
И где бы я ни стал искать
Былую тишину,
Всё сердце будет мне шептать:
Люблю, люблю одну!

---

[29] Предполагается, что буква «Л» означает имя В.А.Лопухиной, но для этого нет достаточных оснований.

Воля

Моя мать - злая кручина,
Отцом же была мне - судьбина;
Мои братья, хоть люди,
Не хотят к моей груди
Прижаться;
Им стыдно со мною,
С бедным сиротою,
Обняться!

Но мне богом дана
Молодая жена,
Воля-волюшка,
Вольность милая,
Несравненная;
С ней нашлись другие у меня
Мать, отец и семья;
А моя мать - степь широкая,
А мой отец - небо далекое;
Они меня воспитали,
Кормили, поили, ласкали;
Мои братья в лесах -
Березы да сосны.

Несусь ли я на коне -
Степь отвечает мне;
Брожу ли поздней порой -
Небо светит мне луной;
Мои братья, в летний день,
Призывая под тень,
Машут издали руками,
Кивают мне головами;
И вольность мне гнездо свила,
Как мир - необъятное!

Зови надежду — сновиденьем,
Неправду — истиной зови,
Не верь хвалам иувереньям,
Но верь, о, верь моей любви!

Такой любви нельзя не верить,
Мой взор не скроет ничего;
С тобою грех мне лицемерить,
Ты слишком ангел для того.

Прекрасны вы, поля земли родной,
Еще прекрасней ваши непогоды;
Зима сходна в ней с первою зимой,
Как с первыми людьми ее народы!..
Туман здесь одевает неба своды!
И степь раскинулась лиловой пеленой,
И так она свежа, и так родня с душой,
Как будто создана лишь для свободы...

Но эта степь любви моей чужда;
Но этот снег летучий, серебристый
И для страны порочной слишком чистый
Не веселит мне сердца никогда.
Его одеждой хладной, неизменной
Сокрыта от очей могильная гряда
И позабытый прах, но мне, но мне бесценный.

Метель шумит, и снег валит,
Но сквозь шум ветра дальний звон,
Порой прорвавшися, гудит;
То отголосок похорон.

То звук могилы над землей,
Умершим весть, живым укор,
Цветок поблекший гробовой,
Который не пленяет взор.

Пугает сердце этот звук,
И возвещает он для нас
Конец земных недолгих мук,
Но чаще новых первый час...

Небо и звёзды

Чисто вечернее небо,
Ясны далёкие звёзды,
Ясны, как счастье ребёнка.
О! для чего мне нельзя и подумать:
Звёзды, вы ясны, как счастье моё!

«Чем ты несчастлив?» —
Скажут мне люди.
Тем я несчастлив,
Добрые люди, что звёзды и небо —
Звёзды и небо! — а я человек!..

Люди друг к другу
Зависть питают:
Я же, напротив,
Только завидую звёздам прекрасным,
Только их место занять бы желал.

Счастливый миг

Не робей, краса младая,
Хоть со мной наедине;
Стыд ненужный отгоняя,
Подойди - дай руку мне.
Не тепла твоя светлица,
Не мягка постель твоя,
Но к устам твоим, девица,
Я прильну - согреюсь я.

От нескромного невежды
Занавесь окно платком;
Ну,- скидай свои одежды,
Не упрямься, мы вдвоем;
На пирах за полной чашей,
Я клянусь, не расскажу
О взаимной страсти нашей;
Так скорее ж... я дрожу.

О! как полны, как прекрасны
Груди жаркие твои,
Как румяны, сладострастны
Пред мгновением любви;
Вот и маленькая ножка,
Вот и круглый гибкий стан,
Под сорочкой лишь немножко
Прячешь ты свой талисман;

Перед тем, чтобы лишиться
Непорочности своей,
Так невинна ты, что мнится,
Я, любя тебя,- злодей.
Взор, склоненный на колена,

Будто молит пощадить;
Но ужасным, друг мой Лена,
Миг один не может быть.

Полон сладким ожиданьем,
Я лишь взор питаю свой;
Ты сама, горя желаньем,
Призовешь меня рукой;
И тогда душа забудет
Все, что в муку ей дано,
И от счастья нас разбудит
Истощение одно.

Когда б в покорности незнанья
Нас жить создатель осудил,
Неисполнимые желанья
Он в нашу душу б не вложил,
Он не позволил бы стремиться
К тому, что не должно свершиться,
Он не позволил бы искать
В себе и в мире совершенства,
Когда б нам полного блаженства
Не должно вечно было знать.

Но чувство есть у нас святое,
Надежда, бог грядущих дней, —
Она в душе, где всё земное,
Живет наперекор страстей;
Она залог, что есть поныне
На небе иль в другой пустыне
Такое место, где любовь
Предстанет нам, как ангел нежный,
И где тоски ее мятежной
Душа узнать не может вновь.

Ангел

По небу полуночи ангел летел,
И тихую песню он пел,
И месяц, и звезды, и тучи толпой
Внимали той песне святой.

Он пел о блаженстве безгрешных духов
Под кущами райских садов,
О Боге великом он пел, и хвала
Его непритворна была.

Он душу младую в объятиях нес
Для мира печали и слез;
И звук его песни в душе молодой
Остался - без слов, но живой.

И долго на свете томилась она,
Желанием чудным полна,
И звуков небес заменить не могли
Ей скучные песни земли.

Ужасная судьба отца и сына
Жить розно и в разлуке умереть,
И жребий чуждого изгнанника иметь
На родине с названьем гражданина!
Но ты свершил свой подвиг, мой отец,
Постигнут ты желанною кончиной;
Дай бог, чтобы, как твой, спокоен был конец
Того, кто был всех мук твоих причиной!
Но ты простишь мне! Я ль виновен в том,
Что люди угасить в душе моей хотели
Огонь божественный, от самой колыбели
Горевший в ней, оправданный творцом?
Однако ж тщетны были их желанья:
Мы не нашли вражды один в другом,
Хоть оба стали жертвою страданья!
Не мне судить, виновен ты иль нет;
Ты светом осужден. Но что такое свет?
Толпа людей, то злых, то благосклонных,
Собрание похвал незаслуженных
И стольких же насмешливых клевет.
Далеко от него, дух ада или рая,
Ты о земле забыл, как был забыт землей;
Ты счастливей меня, перед тобой
Как море жизни - вечность роковая
Неизмеримою открылась глубиной.
Ужели вовсе ты не сожалеешь ныне
О днях, потерянных в тревоге и слезах?
О сумрачных, но вместе милых днях,
Когда в душе искал ты, как в пустыне,
Остатки прежних чувств и прежние мечты?
Ужель теперь совсем меня не любишь ты?
О, если так, то небо не сравняю
Я с этою землей, где жизнь влачу мою;
Пускай на ней блаженства я не знаю,

По крайней мере, я люблю!

Пора уснуть последним сном,
Довольно в мире пожил я;
Обманут жизнью был во всем,
И ненавидя и любя.

Из Паткуля

Напрасна врагов ядовитая злоба,
Рассудят нас бог и преданья людей;
Хоть розны судьбою, мы боремся оба
За счастье и славу отчизны своей.
Пускай я погибну... близ сумрака гроба
Не ведая страха, не зная цепей.
Мой дух возлетает всё выше и выше
И вьется, как дым над железною крышей!

Я не для ангелов и рая
Всесильным богом сотворен,
Но для чего живу, страдая,
Про это больше знает он.

Как демон мой, я зла избранник,
Как демон, с гордою душой,
Я меж людей беспечный странник,
Для мира и небес чужой.

Прочти, мою с его судьбою
Воспоминанием сравни
И верь безжалостной душою,
Что мы на свете с ним одни.

Настанет день — и миром осужденный,
Чужой в родном краю,
На месте казни — гордый хоть презренный —
Я кончу жизнь мою;
Виновный пред людьми, не пред тобою,
Я твердо жду тот час;
Что смерть? — лишь ты не изменись душою —
Смерть не разрознит нас.
Иная есть страна, где предрассудки
Любви не охладят,
Где не отнимет счастия из шутки,
Как здесь, у брата брат.
Когда же весть кровавая примчится
О гибели моей,
И как победе станут веселиться
Толпы других людей;
Тогда... молю! — единою слезою
Почти холодный прах
Того, кто часто с скрытною тоскою
Искал в твоих очах
Блаженства юных лет и сожаленья;
Кто пред тобой открыл
Таинственную душу и мученья,
Которых жертвой был.
Но если, если над моим позором
Смеяться станешь ты
И возмутишь неправедным укором
И речью клеветы
Обиженную тень, — не жди пощады;
Как червь, к душе твоей
Я прилеплюсь, и каждый миг отрады
Несносен будет ей,
И будешь помнить прежнюю беспечность,
Не зная воскресить,

И будет жизнь тебе долга, как вечность,
А всё не будешь жить.

К *30

Я не унижусь пред тобою;
Ни твой привет, ни твой укор
Не властны над моей душою.
Знай: мы чужие с этих пор.
Ты позабыла: я свободы
Для заблужденья не отдам;
И так пожертвовал я годы
Твоей улыбке и глазам,
И так я слишком долго видел
В тебе надежду юных дней
И целый мир возненавидел,
Чтобы тебя любить сильней.
Как знать, быть может, те мгновенья,
Что протекли у ног твоих,
Я отнимал у вдохновенья!
А чем ты заменила их?
Быть может, мыслию небесной
И силой духа убежден,
Я дал бы миру дар чудесный,
А мне за то бессмертье он?
Зачем так нежно обещала
Ты заменить его венец,
Зачем ты не была сначала,
Какою стала наконец!
Я горд!.. прости! люби другого,
Мечтай любовь найти в другом;
Чего б то ни было земного
Я не соделаюсь рабом.
К чужим горам под небо юга
Я удалюся, может быть;

---

30 Прощальное послание к Н.Ф. Ивановой.

Но слишком знаем мы друг друга,
Чтобы друг друга позабыть.
Отныне стану наслаждаться
И в страсти стану клясться всем;
Со всеми буду я смеяться,
А плакать не хочу ни с кем;
Начну обманывать безбожно,
Чтоб не любить, как я любил;
Иль женщин уважать возможно,
Когда мне ангел изменил?
Я был готов на смерть и муку
И целый мир на битву звать,
Чтобы твою младую руку —
Безумец! — лишний раз пожать!
Не знав коварную измену,
Тебе я душу отдавал;
Такой души ты знала ль цену?
Ты знала — я тебя не знал!

Нет, я не Байрон, я другой,
Еще неведомый избранник,
Как он, гонимый миром странник,
Но только с русскою душой.
Я раньше начал, кончу ране,
Мой ум немного совершит;
В душе моей, как в океане,
Надежд разбитых груз лежит.
Кто может, океан угрюмый,
Твои изведать тайны? Кто
Толпе мои расскажет думы?
Я - или бог - или никто!

Романс

Ты идешь на поле битвы,
Но услышь мои молитвы,
Вспомни обо мне.
Если друг тебя обманет,
Если сердце жить устанет,
И душа твоя увянет,
В дальной стороне
Вспомни обо мне.

Если кто тебе укажет
На могилу и расскажет
При ночном огне
О девице обольщенной,
Позабытой и презренной,
О тогда, мой друг бесценный,
Ты в чужой стране
Вспомни обо мне.

Время прежнее, быть может,
Посетит тебя, встревожит
В мрачном, тяжком сне;
Ты услышишь плач разлуки,
Песнь любви и вопли муки
Иль подобные им звуки..
О, хотя во сне
Вспомни обо мне!

К*[31]

Мы случайно сведены судьбою,
Мы себя нашли один в другом,
И душа сдружилася с душою,
Хоть пути не кончить им вдвоем!

Так поток весенний отражает
Свод небес далекий голубой
И в волне спокойной он сияет
И трепещет с бурною волной.

Будь, о будь моими небесами,
Будь товарищ грозных бурь моих;
Пусть тогда гремят они меж нами,
Я рожден, чтобы не жить без них.

Я рожден, чтоб целый мир был зритель
Торжества иль гибели моей,
Но с тобой, мой луч путеводитель,
Что хвала иль гордый смех людей!

Души их певца не постигали,
Не могли души его любить,
Не могли понять его печали,
Не могли восторгов разделить.

---

[31] К Варваре Лопухиной.

К *[32]

Оставь напрасные заботы,
Не обнажай минувших дней;
В них не откроешь ничего ты,
За что б меня любить сильней,
Ты любишь — верю — и довольно;
Кого, — ты ведать не должна,
Тебе открыть мне было б больно,
Как жизнь моя пуста, черна
Не погублю святое счастье
Такой души и не скажу,
Что недостоин я участья,
Что сам ничем не дорожу;
Что все, чем сердце дорожило,
Теперь для сердца стало яд,
Что для него страданье мило,
Как спутник, собственность иль брат.
Промолвив ласковое слово,
В награду требуй жизнь мою;
Но, друг мой, не проси былого,
Я мук своих не продаю.

---

[32] Лермонтов уверен в ответном чувстве и просит Вареньку не напоминать ему о его мучительной прошедшей любви.

Я жить хочу! хочу печали
Любви и счастию назло;
Они мой ум избаловали
И слишком сгладили чело.
Пора, пора насмешкам света
Прогнать спокойствия туман;
Что без страданий жизнь поэта?
И что без бури океан?
Он хочет жить ценою муки,
Ценой томительных забот.
Он покупает неба звуки,
Он даром славы не берет.

Желанье

Отворите мне темницу,
Дайте мне сиянье дня,
Черноглазую девицу,
Черногривого коня.
Дайте раз по синю полю
Проскакать на том коне;
Дайте раз на жизнь и волю,
Как на чуждую мне долю,
Посмотреть поближе мне.

Дайте мне челнок дощатый
С полусгнившею скамьей,
Парус серый и косматый,
Ознакомленный с грозой.
Я тогда пущуся в море
Беззаботен и один,
Разгуляюсь на просторе
И потешусь в буйном споре
С дикой прихотью пучин.

Дайте мне дворец высокой
И кругом зеленый сад,
Чтоб в тени его широкой
Зрел янтарный виноград;
Чтоб фонтан не умолкая
В зале мраморном журчал
И меня б в мечтаньях рая,
Хладной пылью орошая,
Усыплял и пробуждал...

В шапке золота литого
Старый русский великан
Поджидал к себе другого
Из далеких чуждых стран.

За горами, за долами
Уж гремел об нем рассказ,
И померяться главами
Захотелось им хоть раз.

И пришел с грозой военной
Трехнедельный удалец,-
И рукою дерзновенной
Хвать за вражеский венец.

Но улыбкой роковою
Русский витязь отвечал:
Посмотрел — тряхнул главою.
Ахнул дерзкий - и упал!

Но упал он в дальнем море
На неведомый гранит,
Там, где буря на просторе
Над пучиною шумит.

Слова разлуки повторяя,
Полна надежд душа твоя,
Ты говоришь: есть жизнь другая,
И смело веришь ей... но я?..

Оставь страдальца! Будь покойна:
Где б ни был этот мир святой,
Двух жизней сердцем ты достойна!
А мне довольно и одной.

Тому ль пускаться в бесконечность,
Кого измучил краткий путь?
Меня раздавит эта вечность,
И страшно мне не отдохнуть!

Я схоронил навек былое,
И нет о будущем забот,
Земля взяла свое земное,
Она назад не отдает!..[33]

---

[33] к В. Лопухиной, перед отъездом из Москвы в Петербург.

Она не гордой красотою
Прельщает юношей живых,
Она не водит за собою
Толпу вздыхателей немых.
И стан ее — не стан богини,
И грудь волною не встает,
И в ней никто своей святыни,
Припав к земле, не признает.
Однако все ее движенья,
Улыбки, речи и черты
Так полны жизни, вдохновенья,
Так полны чудной простоты.
Но голос душу проникает,
Как вспоминанье лучших дней,
И сердце любит и страдает,
Почти стыдясь любви своей.[34]

---

[34] Стихотворение построено на сравнении Н. Ф. Ивановой и В. А. Лопухиной.

Челнок

По произволу дивной власти
Я выкинут из царства страсти,
Как после бури на песок
Волной расшибенный челнок.
Пускай прилив его ласкает —
Не слышит ласки инвалид,
Свое бессилие он знает
И притворяется, что спит.
Никто ему не вверит боле
Себя иль ноши дорогой.
Он не годится — и на воле!
Погиб — и дан ему покой!

Для чего я не родился
Этой синею волной?
Как бы шумно я катился
Под серебряной луной,
О, как страстно я лобзал бы
Золотистый мой песок,
Как надменно презирал бы
Недоверчивый челнок;
Всё, чем так гордятся люди,
Мой набег бы разрушал;
И к моей студеной груди
Я б страдальцев прижимал;
Не страшился б муки ада,
Раем не был бы прельщен;
Беспокойство и прохлада
Были б вечный мой закон;
Не искал бы я забвенья
В дальнем северном краю;
Был бы волен от рожденья
Жить и кончить жизнь мою!

Что толку жить!.. Без приключений
И с приключеньями — тоска
Везде, как беспокойный гений,
Как верная жена, близка;
Прекрасно с шумной быть толпою,
Сидеть за каменной стеною,
Любовь и ненависть сознать,
Чтоб раз об этом поболтать;
Невольно узнавать повсюду
Под гордой важностью лица,
В мужчине глупого льстеца
И в каждой женщине Иуду.
А потрудитесь рассмотреть —
Всё веселее умереть.

Конец! Как звучно это слово,
Как много — мало мыслей в нем;
Последний стон — и всё готово,
Без дальних справок — а потом?
Потом вас чинно в гроб положат,
И черви ваш скелет обгложут,
А там наследник в добрый час
Придавит монументом вас.

Простит вам каждую обиду
По доброте души своей,
Для пользы вашей (и церквей)
Отслужит, верно, панихиду,
Которой (я боюсь сказать)
Не суждено вам услыхать.

И если вы скончались в вере,
Как христианин, то гранит
На сорок лет, по крайней мере,

Названье ваше сохранит;
Когда ж стеснится уж кладбище,
То ваше узкое жилище
Разроют смелою рукой...
И гроб поставят к вам другой.
И молча ляжет с вами рядом
Девица нежная, одна,
Мила, покорна, хоть бледна;
Но ни дыханием, ни взглядом
Не возмутится ваш покой —
Что за блаженство, боже мой!

Парус

Белеет парус одинокий
В тумане моря голубом!...
Что ищет он в стране далекой?
Что кинул он в краю родном?...

Играют волны - ветер свищет,
И мачта гнется и скрыпит...
Увы, - он счастия не ищет
И не от счастия бежит!

Под ним струя светлей лазури,
Над ним луч солнца золотой...
А он, мятежный, просит бури,
Как будто в бурях есть покой!

Баллада

Куда так проворно, жидовка младая?
Час утра, ты знаешь, далек...
Потише, распалась цепочка златая,
И скоро спадет башмачок.

Вот мост! вот чугунные влево перилы
Блестят от огня фонарей;
Держись за них крепче, устала, нет силы!..
Вот дом — и звонок у дверей.

Безмолвно жидовка у двери стояла,
Как мраморный идол бледна;
Потом, за снурок потянув, постучала...
И кто-то взглянул из окна!..

И страхом и тайной надеждой пылая,
Еврейка глаза подняла,
Конечно, ужасней минута такая
Столетий печали была;

Она говорила: «Мой ангел прекрасный!
Взгляни еще раз на меня...
Избавь свою Сару от пытки напрасной,
Избавь от ножа и огня...

Отец мой сказал, что закон Моисея
Любить запрещает тебя.
Мой друг, я внимала отцу не бледнея,
Затем, что внимала любя...

И мне обещал он страданья, мученья,
И нож наточил роковой;

И вышел... Мой друг, берегись его мщенья,
Он будет, как тень, за тобой...

Отцовского мщенья ужасны удары,
Беги же отсюда скорей!
Тебе не изменят уста твоей Сары
Под хладной рукой палачей.

Беги!..» Но на лик, из окна наклоненный,
Блеснул неожиданный свет...
И что-то сверкнуло в руке обнаженной,
И мрачен глухой был ответ;

И тяжкое что-то на камни упало,
И стон раздался под стеной;
В нем всё улетающей жизнью дышало
И больше, чем жизнью одной!

Поутру, толпяся, народ изумленный
Кричал и шептал об одном:
Там в доме был русский, кинжалом пронзенный,
И женщины труп под окном.

Тростник

Сидел рыбак веселый
На берегу реки,
И перед ним по ветру
Качались тростники.
Сухой тростник он срезал
И скважины проткнул,
Один конец зажал он,
В другой конец подул.

И, будто оживленный,
Тростник заговорил -
То голос человека
И голос ветра был.
И пел тростник печально:
«Оставь, оставь меня!
Рыбак, рыбак прекрасный,
Терзаешь ты меня!

И я была девицей,
Красавица была,
У мачехи в темнице
Я некогда цвела,
И много слез горючих
Невинно я лила;
И раннюю могилу
Безбожно я звала.

И был сынок любимец
У мачехи моей,
Обманывал красавиц,
Пугал честных людей.
И раз пошли под вечер

Мы на берег крутой
Смотреть на сини волны,
На запад золотой.

Моей любви просил он, -
Любить я не могла,
И деньги мне дарил он,-
Я денег не брала;
Несчастную сгубил он,
Ударив в грудь ножом,
И здесь мой труп зарыл он
На берегу крутом;

И над моей могилой
Взошел тростник большой,
И в нем живут печали
Души моей младой.
Рыбак, рыбак прекрасный,
Оставь же свой тростник.
Ты мне помочь не в силах,
А плакать не привык!»

Русалка

Русалка плыла по реке голубой,
Озаряема полной луной;
И старалась она доплеснуть до луны
Серебристую пену волны.

И шумя и крутясь, колебала река
Отраженные в ней облака;
И пела русалка - и звук ее слов
Долетал до крутых берегов.

И пела русалка: "На дне у меня
Играет мерцание дня;
Там рыбок златые гуляют стада;
Там хрустальные есть города;

И там на подушке из ярких песков
Под тенью густых тростников
Спит витязь, добыча ревнивой волны,
Спит витязь чужой стороны.

Расчесывать кольца шелковых кудрей
Мы любим во мраке ночей,
И в чело и в уста мы в полуденный час
Целовали красавца не раз.

Но к страстным лобзаньям, не зная зачем,
Остается он хладен и нем;
Он спит - и, склонившись на перси ко мне,
Он не дышит, не шепчет во сне!"

Так пела русалка над синей рекой,
Полна непонятной тоской;
И, шумно катясь, колебала река
Отраженные в ней облака.

Гусар

Гусар! ты весел и беспечен,
Надев свой красный доломан;
Но знай - покой души не вечен,
И счастье на земле - туман.

Крутя лениво ус задорный,
Ты вспоминаешь стук пиров;
Но берегися думы черной, -
Она черней твоих усов.

Пускай судьба тебя голубит,
И страсть безумная смешит;
Но и тебя никто не любит,
Никто тобой не дорожит.

Когда ты, ментиком блистая,
Торопишь серого коня,
Не мыслит дева молодая:
«Он здесь проехал для меня».

Когда ты вихрем на сраженье
Летишь, бесчувственный герой, -
Ничье, ничье благословенье
Не улетает за тобой.

Гусар! ужель душа не слышит
В тебе желания любви?
Скажи мне, где твой ангел дышит?
Где очи милые твои?

Молчишь - и ум твой безнадежней,
Когда полнее твой бокал!

Увы - зачем от жизни прежней
Ты разом сердце оторвал!..

Ты не всегда был тем, что ныне,
Ты жил, ты слишком много жил,
И лишь с последнею святыней
Ты пламень сердца схоронил.

На серебряные шпоры
Я в раздумии гляжу;
За тебя, скакун мой скорый,
За бока твои дрожу.

Наши предки их не знали
И, гарцуя средь степей,
Толстой плеткой погоняли
Недоезжаных коней.

Но с успехом просвещенья
Вместо грубой старины,
Введены изобретенья
Чужеземной стороны;

В наше время кормят, холят,
Берегут спинную честь...
Прежде били — нынче колют!..
Что же выгодней? — бог весть!..

Юнкерская молитва

Царю небесный!
Спаси меня
От куртки тесной,
Как от огня.
От маршировки
Меня избавь,
В парадировки
Меня не ставь.
Пускай в манеже
Алехин глас
Как можно реже
Тревожит нас.
Еще моленье
Прошу принять —
В то воскресенье
Дай разрешенье
Мне опоздать.
Я, царь всевышний,
Хорош уж тем,
Что просьбой лишней
Не надоем.

В рядах стояли безмолвной толпой,
Когда хоронили мы друга;
Лишь поп полковой бормотал — и порой
Ревела осенняя вьюга.
Кругом кивера́ над могилой святой
Недвижны в тумане сверкали,
Уланская шапка да меч боевой
На гробе дощатом лежали.
И билося сердце в груди не одно,
И в землю все очи смотрели,
Как будто бы всё, что уж ей отдано,
Они у ней вырвать хотели.
Напрасные слезы из глаз не текли:
Тоска наши души сжимала,
И горсть роковая прощальной земли,
Упавши на гроб, застучала.
Прощай, наш товарищ, недолго ты жил,
Певец с голубыми очами;
Лишь крест деревянный себе заслужил
Да вечную память меж нами![35]

---

[35] о похоронах Егора Сиверса, воспитанника школы гвардейских подпрапорщиков и кавалерийских юнкеров.

Опять, народные витии,
За дело падшее Литвы
На славу гордую России,
Опять, шумя, восстали вы.
Уж вас казнил могучим словом
Поэт, восставший в блеске новом
От продолжительного сна,
И порицания покровом
Одел он ваши имена.

Что это: вызов ли надменный,
На битву ль бешеный призыв?
Иль голос зависти смущенной,
Бессилья злобного порыв?..
Да, хитрой зависти ехидна
Вас пожирает, вам обидна
Величья нашего заря,
Вам солнца божьего не видно
За солнцем русского царя.

Давно привыкшие венцами
И уважением играть,
Вы мнили грязными руками
Венец блестящий запятнать.
Вам непонятно, вам несродно
Всё, что высоко, благородно,
Не знали вы, что грозный щит
Любви и гордости народной
От вас венец тот сохранит.

Безумцы мелкие, вы правы.
Мы чужды ложного стыда!

Но честь России невредима.

И вам, смеясь, внимает свет…
Так в дни воинственные Рима,
Во дни торжественных побед,
Когда триумфом шел Фабриций
И раздавался по столице
Восторга благодарный клик,
Бежал за светлой колесницей
Один наемный клеветник.

Умирающий гладиатор

I see before me the gladiator lie...
Byron

Ликует буйный Рим... торжественно гремит
Рукоплесканьями широкая арена:
А он — пронзённый в грудь — безмолвно он лежит,
Во прахе и крови скользят его колена...
И молит жалости напрасно мутный взор:
Надменный временщик и льстец его сенатор
Венчают похвалой победу и позор...
Что знатным и толпе сражённый гладиатор?
Он презрен и забыт... освистанный актер.

И кровь его течет — последние мгновенья
Мелькают, — близок час... вот луч воображенья
Сверкнул в его душе... пред ним шумит Дунай...
И родина цветет... свободный жизни край;
Он видит круг семьи, оставленный для брани,
Отца, простёршего немеющие длани,
Зовущего к себе опору дряхлых дней...
Детей играющих — возлюбленных детей.
Все ждут его назад с добычею и славой,
Напрасно — жалкий раб, — он пал, как зверь лесной,
Бесчувственной толпы минутною забавой...
Прости, развратный Рим, — прости, о край родной...

Не так ли ты, о европейский мир,
Когда-то пламенных мечтателей кумир,
К могиле клонишься бесславной головою,
Измученный в борьбе сомнений и страстей,
Без веры, без надежд — игралище детей,
Осмеянный ликующей толпою!

И пред кончиною ты взоры обратил
С глубоким вздохом сожаленья
На юность светлую, исполненную сил,
Которую давно для язвы просвещенья,
Для гордой роскоши беспечно ты забыл:
Стараясь заглушить последние страданья,
Ты жадно слушаешь и песни старины
И рыцарских времён волшебные преданья —
Насмешливых льстецов несбыточные сны.

Еврейская мелодия

(Из Байрона)
Душа моя мрачна. Скорей, певец, скорей!
Вот арфа золотая:
Пускай персты твои, промчавшися по ней,
Пробудят в струнах звуки рая.
И если не навек надежды рок унёс,
Они в груди моей проснутся,
И если есть в очах застывших капля слёз —
Они растают и прольются.

Пусть будет песнь твоя дика. Как мой венец,
Мне тягостны веселья звуки!
Я говорю тебе: я слёз хочу, певец,
Иль разорвется грудь от муки.
Страданьями была упитана она,
Томилась долго и безмолвно;
И грозный час настал — теперь она полна,
Как кубок смерти, яда полный.

В альбом

(Из Байрона)
Как одинокая гробница
Вниманье путника зовёт,
Так эта бледная страница
Пусть милый взор твой привлечёт.

И если после многих лет
Прочтёшь ты, как мечтал поэт,
И вспомнишь, как тебя любил он,
То думай, что его уж нет,
Что сердце здесь похоронил он.